Dr. Wislizenus

Novelle

Moritz Heimann

Impressum

Autor: Moritz Heimann
Umschlagkonzept: toepferschumann, Berlin

Verlag: tradition GmbH, Hamburg
ISBN: 978-3-8424-6866-5
Printed in Germany

Tucholsky Wagner Zola Scott Sydow Freud Schlegel
Turgenev Wallace Fonatne
Twain Walther von der Vogelweide Fouqué Friedrich II. von Preußen
Weber Freiligrath Frey
Fechner Fichte Weiße Rose von Fallersleben Kant Ernst Richthofen Frommel
Engels Fielding Hölderlin
Fehrs Faber Flaubert Eichendorff Tacitus Dumas
Maximilian I. von Habsburg Fock Eliasberg Zweig Ebner Eschenbach
Feuerbach Ewald Eliot Vergil
Goethe Elisabeth von Österreich London
Mendelssohn Balzac Shakespeare Dostojewski Ganghofer
Trackl Stevenson Lichtenberg Rathenau Doyle Gjellerup
Mommsen Tolstoi Hambruch
Thoma Lenz Hanrieder Droste-Hülshoff
Dach Verne von Arnim Hägele Hauff Humboldt
Karrillon Reuter Rousseau Hagen Hauptmann Gautier
Garschin
Damaschke Defoe Hebbel Baudelaire
Descartes
Wolfram von Eschenbach Schopenhauer Hegel Kussmaul Herder
Bronner Darwin Dickens Rilke George
Melville Grimm Jerome
Campe Horváth Aristoteles Bebel Proust
Bismarck Vigny Barlach Voltaire Federer Herodot
Gengenbach Heine
Storm Casanova Tersteegen Grillparzer Georgy
Lessing Gilm
Chamberlain Langbein Gryphius
Brentano Lafontaine
Strachwitz Claudius Schiller Kralik Iffland Sokrates
Katharina II. von Rußland Bellamy Schilling
Gerstäcker Raabe Gibbon Tschechow
Löns Hesse Hoffmann Gogol Wilde Vulpius
Luther Heym Hofmannsthal Klee Hölty Morgenstern Gleim
Roth Heyse Klopstock Kleist Goedicke
Luxemburg Puschkin Homer Mörike
La Roche Horaz Musil
Machiavelli Kierkegaard Kraft Kraus
Navarra Aurel Musset Moltke
Lamprecht Kind Kirchhoff Hugo
Nestroy Marie de France Laotse Ipsen Liebknecht
Nietzsche Nansen Ringelnatz
Marx Lassalle Gorki Klett Leibniz
von Ossietzky May Irving
vom Stein Lawrence
Petalozzi Knigge
Platon Michelangelo Kafka
Sachs Poe Pückler Kock
Liebermann Korolenko
de Sade Praetorius Mistral Zetkin

Text der Originalausgabe

Moritz Heimann

Dr. Wislizenus

Novelle

1

In seinem Hause, das, vom Dorf eine halbe Stunde entfernt, mit Garten und Gehöft, völlig für sich allein im Ausschnitt eines Kiefernwaldes lag, saß an einem Abend gegen Oktoberende der Dr. Wislizenus vor seinem Tische und las. Sein Dienstmädchen, ein junges, gegen den ortsfremden und in vielen Stücken absonderlichen Herrn noch immer scheues Kind von wenig über fünfzehn Jahren, öffnete die Tür und gab ihre abendliche Meldung ab: »Herr Doktor, ich gehe jetzt.« – »Schön«, sagte er und erhob sich, um nach seiner Gewohnheit hinter dem Mädchen sogleich die Haustür abzuschließen. Er war ein Mann am Ausgang der dreißiger Jahre, mittelgroß und breitschultrig, mit tiefen, trägen und melancholischen Augen in einem Gesicht, dessen luftgesunde Farbe zu seinen überfeinen Zügen in demselben Gegensatz stand wie der kurzgehaltene, aber dichte, braune Bart um Wangen und Kinn; die scharf gezeichnete und dabei nervöse Oberlippe war rasiert.

Er streifte das neben ihm gehende Kind mit einem flüchtigen Blick; ein zarter Busen, ein hübscher Mund, dachte er, und sagte: »Bringen Sie uns morgen einen Liter Milch extra heraus!« Er hatte fast jeden Abend einen Wunsch ähnlicher Art, um nur die Leerheit und Verlegenheit des gleichgültigen Abschiedes in etwas zu mildern. Als sie gegangen war, trat er über die Schwelle, stieg die drei breiten und niedrigen Stufen zum Hof hinab , fröstelte, nahm den ausgestirnten Himmel wahr und fühlte an Brauen und Bart den dichten Nebel, der über dem Erdboden floß. Er ging in das Haus zurück und drehte den Schlüssel in dem elegant und weich federnden Schloß, das er im Sommer hatte anbringen lassen, mit Genuß herum. Zwei winzige Lampen mit offenen, gegen den Luftzug durch kelchartige kleine Gläser geschützten Flämmchen erhellten den Flur mit einem schwachen Schein, der in einem zum Dachgeschoß führenden Treppenschacht bis zur völligen Ohnmacht aufgebraucht wurde. Wislizenus sah gedankenlos aufmerksam in das Glutklümpchen der einen Lampe hinein; je kleiner das Licht, um so mehr Geister zieht es heran. Er durchschritt das Eßzimmer und kam wieder zu seinem mit Büchern und Schriftstücken gedeckten Lesetisch. Er wollte sich setzen, da überkam ihn das Gefühl der Stille.

Er hatte auch vorher die Magd in ihrer Küche nicht gehört, und in die Zimmer kam sie nur auf seinen seltenen Ruf. Doch schien es jetzt, als ob ihre unbehilfliche, stumme, dumpfe Gegenwart sich doch immer wie ein Lärm durch die Mauer geschwungen hätte; nun sie weg war, kreuzte keine Welle von außen in seine Seele hinein. Die Stille schien sich um das Gerüst des Hauses wie eine ungeheure Schwärze dicht zu drängen, dann wegzusinken, und immer weiter weg, so daß das Haus in einem Kreise von etwas stand, was noch geheimnisvoller als Stille war und jenseits erst wieder an sie grenzte. Und dennoch war sie, die magisch weggebannte Stille, unerklärlich wie, in das Zimmer gedrungen, siedete in den dunklen Ecken und suchte in den konzentrischen Kreisen, die über der Lampe an der Decke zitterten, noch eine Verwandlung, noch ein Geheimnis zu erleiden. Die Möbel, ein birkenes Klavier, Kommode und Schrank vom selben Holz, schimmerten wie die Politur alter Italienergeigen. Wislizenus sah sich unwillkürlich um, ob die Fensterläden geschlossen wären.

In diesem Schweigen wurde ihm die Seele leer, nur daß er die Leerheit noch als eine Spannung aus Beängstigung und Ungeduld durch seinen ganzen Körper bis zur Bitterkeit verspürte. Seine Gedanken und Empfindungen, die längst durch jeden Zeugen ihm so unerträglich ins Oberflächliche, Absichtliche und Lügnerische verkehrt wurden, daß er, um sich nicht für immer zu verlieren, Stadt und Menschen hatte fliehen müssen, hier in der Einsamkeit ohne Zeugen getrauten sie sich auf andere Weise nicht ins klare und blieben wesenlos und furchtsam wie Gespenster. Gespenster fürchten den Menschen tiefer als der Mensch sie; und Wislizenus fühlte sich diesen Abend, wie jeden, fast eher gemieden als einsam. Vor einem Menschen hätte er sogleich seine gewohnte Fassung wiedergewonnen; aber wenn er das weiße Fensterkreuz so lange anstarrte, bis es zu einem unbegreifliche Grade vorhanden und sinnlos war, dann überkam ihn ein Verlangen nach etwas, das ihn hier sähe und ihm möglich machte, *zu verzweifeln*. Kein Mensch und doch ein Zeuge – ohne einen Zeugen lohnte es sich nicht, das Gesicht zu senken und in Tränen auszubrechen.

Er schreckte zusammen, er hörte den letzten Hall eines langen Klirrens vom Flur; immer wieder nur den letzten Hall, sobald er den Kopf aufmerksam zur Seite wandte. Es war eine Täuschung, denn genau entsann er sich, daß er die beiden kleinen Flurlämpchen *nicht* auf die Steinfliesen geschmettert hatte; erst jetzt, nachträglich, merkte er das Gelüst dazu in seiner tödlichen Ungeduld.

Er atmete sich zweimal tief zur Ruhe und setzte sich, griff zu seinem Buche, einer mathematisch-philosophischen Abhandlung aus dem Anfang des achtzehnten Jahrhunderts. Er war kein guter Leser mehr; Stellen, von denen seine eigenen Gedanken sich bestätigt glaubten, erfüllten ihn mit einer so großen Genugtuung, daß er nicht dazu kam, sie auf ihre Wahrheit zu untersuchen, sie fielen dadurch aus ihrem Zusammenhang. Sein auf diese Weise abwechselnd taubes und allzu hellhöriges Verständnis zerriß die ruhige Deduktion des ehrwürdigen Schweizer Gelehrten, und indem seine Art zu lesen nichts mehr von Arbeit an sich hatte, half sie ihm auch nicht die Zeit flüssiger und leichter machen.

Eine Stunde ließ er vorbei, dann ging er an das Abendessen, das im Speisezimmer von der Magd sauber für ihn vorbereitet war: Brot, kaltes Fleisch, in einem geflochtenen, dunklen Korb die ländlich spröden, aber einen ganzen Herbst duftenden Äpfel, und eine Flasche roter Meersburger.

Eben als er sich zum zweitenmal eingoß, glaubte er einen Wagen klappern zu hören; der Weg zu seinem Hause war eine Sackgasse, und wer immer kam, mußte zu ihm wollen. Wirklich hielt das Gefährt vor seiner Tür, und durch das Geknarre des noch ein paarmal träge anratternden Fuhrwerks und den derben Zuruf des Kutschers hindurch erkannte sein empfindlicher Sinn die Stimme seines Freundes, des Dichter Wohlgethan.

Es wurde ihm fast schwach von einer jähen, kalten Wut. Ein Dichter, das war das letzte, was er sich im Bereiche seiner Hände, seiner Stimme und, vor allem, seiner Ohren gewünscht hätte. Aber verurteilt, sich selbst zu beobachten, merkte er im selben Augenblick, daß seine Wut, so echt sie war, doch auch ein wenig gespielt war. Es war da in ihm eine Freude über den Besuch, die er verdecken wollte, eine Freude über die Störung seiner Einsamkeit, eine Befriedigung, daß ein geheimer, beschämender Wunsch ihm erfüllt wurde und er noch obenein darüber grollen durfte.

Als er dann aber hinausging, verwandelte jeder Schritt ihn ins Bürgerliche zurück, so daß er mit der schicklichen Eilfertigkeit den

Gast zu empfangen strebte. Er traf ihn eben, als er den Kutscher ablohnte. Die Wagenlaterne hing unter der Deichsel, und von dem braunen, winterzottigen Pferde sah man nur vier Beine und den Leib, und dieses phantastische Ungeheuer ohne Rücken, Hals und Kopf kehrte, mit dem schattenhaften Wagen hinter sich, um und fuhr in die Nacht zurück. Unwillkürlich zeigte Wislizenus mit dem Finger auf die Erscheinung. Wohlgethan, der es bemerkte, fragte, was es gebe.»Toller Spuk«, lautete die Antwort, ohne daß der Dichter gleich wußte, was gemeint war. Dann fesselte der Anblick der immer kleiner werdenden Wolke von Lichtdunst auch ihn, er machte eine Bemerkung darüber, aber seine Ungeduld war nicht mißzuverstehen, und Wislizenus führte ihn ins Haus, indem er ihm nach einem kleinen Kampfe die Reisetasche abzwang. Nur ein Etui aus gelbem, glänzendem Leder und von der Größe eines Lexikons gab er nicht aus der Hand; und als sie im Speisezimmer einander zur erneuten Begrüßung gegenüberstanden, wog er es in der linken Hand dem Freund vor der Nase.

»Ein Manuskript?« fragte Wislizenus.

»Weiser Mann!« rief Wohlgethan heiter, und ahnte nicht, wieviel Besorgnis sich hinter dem erratenden Wort versteckte.»Aber sage mir einmal erst: du bist hier ohne Bedienung, wie ich sehe; und ich mache dir Umstände?« Wislizenus wies jeden Versuch, ihn zu entlasten, sogleich herzlich und bestimmt zurück, und es wurde ihm davon mit einem Schlage wärmer und wohler. »Soll ich uns einen Tee brauen?« fragte er, »wie in alten Zeiten, mit Rotwein und einem Schuß Mandarinenarrak?«

Wohlgethan ließ es sich gefallen, und während der Freund aus einem großen eichenen Eckschrank, ab und zu gehend, das Gerät und aus der Küche Wasser auf den Tisch holte, knotete er schon an seinem Lederetui. »Du kannst dir denken«, hub er an, »daß ich dich mit etwas Zweideutigem, Fragwürdigem überfalle. Würde ich dich sonst überfallen? Ich brauche deinen Rat; mehr noch: deinen Zuspruch.«

»Wie, wenn es aber ein Abspruch wird?« warf Wislizenus ein und regulierte die Flamme am Spirituskocher.

»Nun, dann werde ich, wie immer, auf dich hören – oder nicht. Ich bin nämlich vor allem besorgt um die Originalität meiner Arbeit. Ich bin in der Hölle, im Fegefeuer und im Paradies gewesen und schreibe ein Epos darüber, nichts Geringeres, mein Lieber.«

»Ich nehme an, du spricht von einer modernen Hölle nebst den weiteren Stationen, und also von einem modernen Epos?«

»Das versteht sich; nichtsdestoweniger wird mir die Kritik, vielleicht auch schon die frühere Instanz, den Dante vorhalten!«

»Den Dante – – so so! Aber darum keine Sorge, lieber Wohlgethan: auch Dante ist nicht an einem Tage vom Himmel gefallen, auch er hatte Vorgänger, auch er war ein Plagiator.«

Wohlgethan rückte sich befriedigt die Weste zurecht, und nachdem sie ihren Tee getrunken hatten, drängte er förmlich ins Nebenzimmer.

Der Dichter begann seine Vorlesung, anfänglich mit den kleinen Störungen und Unterbrechungen, die bei jedem natürlich sind, der einen leiblichen, bürgerlichen Menschen in eine Phantasiewelt führt und sich bald vor dieser, bald vor jenem ein wenig schämt. Dann wurde er fester, und die harte Fassung seiner Strophen und die Schärfe des Ausdrucks beschwichtigten seinen Argwohn, daß man seine Begeisterung vielleicht für gelegentlich und seinen mystischen Flug für Spielerei halten könnte.

2

Der erste Gesang dieses neuen Epos enthielt die Schilderung einer Pest, die eine kleine Fürstenstadt mit ihrer stinkenden Geißel zerschlägt. Der Dichter begann mit einer allgemeinen Anrufung an die Urfeindin der Menschheit in einem apokalyptischen Stil, ging allmählich ins einzelne über, zeigte das verheerte Land, die verödeten Dörfer, die brennenden Scheiterhaufen, und behandelte dann den ersten Pestfall in der Residenz als ein grausig tragisches Idyll, indem er die Seuche zuerst in der Vorstadt einen alten Handelsgärtner mitten in der Versorgung seiner Beete und Glashäuser befallen ließ. Die schöne, jugendliche Tochter des Gärtners, von ihrer Mutter früh verwaist, sieht den Alten dahinsinken, sie eilt zu ihm, hebt ihn mit der Kraft der erbarmungsvollsten Güte auf ihre Arme, um ihn in das Haus zu tragen. Vor der Schwelle bricht sie unter ihrer Last, aber noch nicht von der Krankheit zusammen. Der Alte liegt zerkrampft am Boden, seine rechte Hand hält die langen Stiele zweier Rosen, so, daß die Blüten auf seinem Munde liegen und sein Atem in die roten Blätter bläst. Auf den Schreckensruf der Tochter kommen zwei Gehilfen aus dem Gewächshaus, aber wie sie die beiden Niedergebrochenen sehen, heben sie im Entsetzen ihre vier Hände abwehrend gegen sie, suchen sich vergeblich aus der Erstarrung zu schütteln und wagen sich nicht näher. Das Mädchen mißt sie mit Blicken, beide haben ihr in Morgen- und Abendstunden zur Liebe nachgestellt; sie ruft sie um Hilfe an, aber sie schütteln nur immer die Hände und die Köpfe. Da nimmt sie dem Alten die Rosen aus der Faust, faßt sie wie eine Rute, tritt vor die beiden Männer hin und schlägt ihnen mit der Rosenrute rasch hintereinander in die blassen Gesichter. Entsetzt rasen sie davon. Der eine von ihnen wohnt in der Stadt bei einer Witfrau zur Miete; noch zitternd vor Schrecken kommt er in seiner Stube an, um sein Bündel für die Wanderschaft zu schnüren; aber schon hat ihn die Krankheit erfaßt.

Und so schildert nun der Dichter, wie das Übel Haus vor Haus und Straße vor Straße sich in das Herz der Stadt hineinfrißt. Die Beschreibung der Seuche mit ihren medizinischen Besonderheiten spart er sich bis zur Erkrankung des Adjutanten am fürstlichen Hofe auf, nachdem er vorher seine glänzende Erscheinung, seine Lasterhaftigkeit und Grausamkeit geschildert hat.

Ungefähr dieses war der Inhalt des ersten Gesanges. Wislizenus hörte mit der intensiven Aufmerksamkeit zu, die dem Vorlesenden das Wort leicht vom Munde nimmt; so daß Wohlgethan in eine immer wachsende Sicherheit geriet und sich in allen Stücken gebilligt, ja bewundert glaubte. In Wirklichkeit wurde er von Wislizenus mehr als einmal um ein paar Dutzend Verse betrogen, und nicht die reine, dumpfe Freude, zu nehmen, was gegeben wurde, hörte ihm zu, sondern die Überwachheit eines Sachverständigen. Wislizenus ließ sich von keinem Zug der Komposition überraschen, sondern erkannte sogleich seinen Zweck und fühlte also jede Willkür der Bindung mit doppelter Klarheit. In solchen Augenblicken verlor er, ohne es an seiner Miene merken zu lassen, die Aufmerksamkeit und fühlte, wie auch bei jedem Fehler und jeder Schwäche anderer Art, eine Verwerfung und Geringschätzung gegen den Dichter, der er immer versucht war, nachzusinnen, so daß er sich mit Willen zum Hören erst wieder zurückleiten mußte. Bei allem Hochmut dieser Regungen waren sie doch von Selbstverachtung nicht frei, denn als guter Kenner seiner Selbst spürte er eine Schadenfreude darin, deren Bewußtsein ihn demütigte.

Als der Vorlesende nach der Beendigung des ersten Gesanges aufsah, nickte Wislizenus: »Es ist sehr gut! sehr gut, sehr stark.«

Wohlgethan erwiderte eifrig: »Das war nicht mehr als ein Vorspiel. Jetzt erst beginnt das Gedicht. Ist es dir recht, wenn ich gleich weiterlese?«

Wislizenus bat darum, aber Wohlgethan zögerte noch und bemerkte: »Das, was nun kommt, bedarf allerdings noch überall der Feile. Du mußt es dich nicht stören lassen, wenn die Einzelheiten ungenügend erscheinen.«

Wislizenus beruhigte ihn: »Du weißt, daß ich auch das Unfertige recht zu hören verstehe, und ein Werk wie dieses wird noch lange ein stete Arbeit von dir wollen. Du wirst noch für die zehnte Auflage Korrekturen einfügen, das prophezeie ich dir.«

Wohlgethan errötete: »Prophezeist du zehn Auflagen?«

»Auch das«, sagte Wislizenus.

Der Dichter wurde glücklich über die ganze Haut. »Du hast recht«, sagte er, »es muß verbessert werden, solange es lebt! Ein solches Werk muß seine Form haben wie einen glasharten Überguß, wie der Stahl von Geldschränken, von dem jeder Meißel abflitzt.«

Er begann den zweiten Gesang zu lesen. Das Land und die Stadt sind verödet. Die Pest, die nichts mehr zu morden hat, liegt wie ein gelblicher Nebelschwaden unbeweglich über der Erde. Und in diesem Schwaden hocken auf Hecken, Gemäuer, Baumästen und Zäunen die Seelen der Toten als weibliche Kugeln von verwestem Licht. Sie schaukeln leise hin und her und können sich nicht aufwärts in den reinen Luftraum lösen. Mit einer schnellen Verwandlung ließ der Dichter die Wolke der Seuche gleichnisartig zu einer Wolke der menschlichen Leidenschaften werden und verteilte auch in diesem Luftpfuhl die schwankenden Seelen phantastisch, doch mit beginnender Ordnung.

Während dieser Stellen geschah es, daß Wislizenus tief erblaßte und sich so stark in seinen Sessel zurücklegte, daß der ohnedies etwas unsicher gewordene Dichter es merkte und fragend aufsah.

»Verzeih«, sagte Wislizenus und strich sich über die Stirn: »Es gibt keine Phantasie über unser Leben nach dem Tode, die ich nicht, und sei es auf einen Augenblick, auf eine Stunde, eine Nacht, so manchmal auf eine ganze Woche glaubte. Es gibt nichts so Absurdes, daß ich es nicht einmal, und nichts so Gewisses, daß ich es immer glaubte. Das Irrsinnige hat keinen gänzlich irren Sinn für mich, und die reine Wahrheit keinen gänzlich reinen. Doch du sollst dich nicht stören lassen, Wohlgethan, für dich war das ja ein Triumph.«

Wohlgethan fuhr fort; aber das Bewußtsein, so wörtlich genommen zu sein, beunruhigte ihn, er fühlte sich stellenweise verzagt und mußte sich dabei ertappen, zuweilen selbst nicht zu verstehen, was er las, sondern die Worte nur wie einen betäubenden Druck im Gehirn zu spüren, wobei er doch sicher war, richtig und mit Ausdruck zu lesen.

3

Aber von jetzt an war die tiefe Stille des Hauses gestört. Beide, der Leser und der Hörer, lauschten zuweilen zerstreut hinaus, und es wunderte sie nicht, als sie vom Wege her eine Stimme sich nähern glaubten. Nicht lange, und sie erkannten wirklich eine menschliche Stimme, die sich in einem betrunkenen Singsang entlud und in ein veritables Heulen überging.

Wohlgethan warf sein Manuskript nervös hin, mit einer vorwurfsvollen Geste, als trage sein Gastfreund schuld an der Störung. Der aber lächelte und hörte nur immer mit einem wunderlichen Vergnügen dem Toben von draußen zu. Als er jedoch den Dichter vor Wut an der Lippe kauen sah, raffte er sich höflich und entschuldigend auf und sagte, daß er selbst von dem Zwischenfall überrascht sei, es komme manchmal in drei, vier Wochen kein Angerufener zu ihm heraus. »Aber«, fügte er hinzu, »das wird dich doch nicht aus dem Konzept bringen; fahre nur fort!«

Draußen ging das Geheule und Gesinge weiter, und der Trunkenbold schien sich damit zu vergnügen, auf dem Staketenzaun mit einem Prügel Harfe zu spielen. Wohlgethan las mit zusammengezogenen Augenbrauen ein paar Verse, dann aber unterbrach er sich: »Ich kann nicht«, und reckte den Kopf zum Hören, »das ist ein toller Hund, nichts Besseres. Wenn eine Hundeseele in einen Menschenleib fährt, dann ist der Teufel los.«

Wislizenus maß ihn mit einem seltsamen Blick, stand auf und machte sich an einer Kommode zu schaffen: »Ich kann dir nicht helfen, lieber Dichter, oder soll ich dir den Hund niederschießen? Ich habe einen schußfertigen Revolver hier im Schub.«

Wohlgethan versetzte hochmütig: »Wenn es keine bürgerlichen unangenehmen Folgen hätte, ich sagte nichts dawider.«

»Wir wollen ihm doch noch eine Gnadenfrist geben«, meinte Wislizenus und begab sich wieder auf seinen Platz.

Der Betrunkene war verstummt und schien weitergegangen. Es war plötzlich stiller als vorher im Haus, und Wohlgethan fing wieder zu lesen an. Dem Hörer schien es, daß die Unterbrechung dem

Dichter irgendwie nicht unwillkommen gewesen sein mochte. Sie war gerade an einer Stelle eingetreten, wo das Gedicht einen kleinen Bruch hatte. Es kam von der weiter als nötig malenden Schilderung der bleichen, kugelhaften, erschrocken hin und her wehenden Seelen nicht los und bedurfte eines gewaltsamen Überganges: Vom reinen Himmel dröhnt Posaunenklang, der Erzengel Michael, die Waage in der linken, die Lanze mit dem Fähnlein in der rechten Hand, fährt mit Scharen von Engeln hernieder, die Seelen im Schrecken lösen sich von den Stellen, an denen sie kleben, und wimmeln dem Marktplatz zu. Erst in dieser Schilderung gewann die Dichtung wieder Kraft; aber Wislizenus war tiefer verstimmt als bei jeder früheren Schwäche, und es war nichts von Schadenfreude, sondern eher eine Erbitterung in seinem Urteil. Dichter, o Dichter, sagte er in seiner Seele, und er überhörte nicht ein Geräusch, das ihm wie das Klinken seiner Hoftür vorkam. Und richtig, ein paar Augenblicke später donnerten ein paar harte Fäuste schon gegen die Haustür.

Wohlgethan fuhr entsetzt in die Höhe: »Das ist doch aber -«

Wislizenus beruhigte ihn: »Jetzt haben wir ihn, jetzt werden wir ihn am ehesten los.« Er nahm aus seiner Börse ein Geldstück, ging hinaus, holte sich eine brennende Lampe aus der Küche und schloß die Haustür auf. Er leuchtete einem riesenhaften Menschen, der in der Blendung des plötzlichen Lichtes verstummte, ins Gesicht und fragte ihn ruhig und ohne sonderliche Strenge: »Was wollen Sie hier?«

Der Betrunkene starrte ihn an, sein Gesicht war von einem mächtigen Bart umwuchert, seine Augen blinzelten irre und wild, sein Atem strömte im Nebel sichtbar wie eine Wolke von ihm aus. Er wußte nicht zu antworten und heftete seine Augen auf die Schwelle.

Wislizenus reichte ihm das Geldstück hin und sagte. »Da, kaufen Sie sich was dafür, Schnaps am besten; Sie haben noch nicht genug.«

Der Betrunkene nahm das Geld und sah Wislizenus an. Er war weder aus dem Dorfe noch auch aus der Gegend überhaupt. Einen solchen fanatischen, wahnsinnigen Blick hätte in dieser dürftigen, sich kläglich und klüglich haltenden Bevölkerung kein Auge hervorzubringen vermocht. Die beiden Männer starrten einander an.

»Warum haben Sie denn noch Licht, he?« fragte der Betrunkene.

Wislizenus wußte nicht, warum er mit dem ganzen Aufwande, nicht nur einer gelegentlichen, sondern seiner letzten Energie antwortete: »Weil ich hier lese, und dazu brauche ich Ruhe, und nun scheren Sie sich!«

Der Betrunkene drehte erst seinen ganzen Leib weg, ehe er die Füße regte, dann tappte er davon. Wislizenus blieb noch ein Weilchen stehen. Die Sterne, wie von einem wahnsinnigen Engel ausgeschüttet, funkelten, der Nebel schwankte in Strähnen, von den Feldern her kam der Geruch von Rüben, Kohl und verfaulenden Pilzen.

Wislizenus trat zurück und schloß die Tür wieder ab. In seinem Zimmer fand er den Dichter mit einem Bleistift in seinem Manuskript Notizen machend, und kaum aufsehend, als er zu ihm trat. Er nahm, indem er den Bleistift in eine an der Uhrkette baumelnde Hülse zurücksteckte, sogleich sichtlich erfrischt seine Vorlesung wieder auf: Die Seelen der Verstorbenen, vom Engel Michael wie Schafe zusammengejagt, fahren auf dem Platze der Residenz auf und ab, gewöhnen sich aneinander und erkennen einander. Damit hebt ihre Qual an. Aber ehe sie ihr gänzlich ausgeliefert werden, gibt es noch eine Unterbrechung; die schöne Gärtnerin aus dem ersten Gesang kommt lichthaft, doch in ihrem Umriß unverstellt, nur blinden Auges, in ihrer Rechten noch die Zuchtrute weisend, dahergeschwebt, hält still und schlägt die Augen auf. Kaum aber hat sie *gesehen*, so wirft sie Kopf und beide Arme dem Himmel entgegen und fliegt wie ein Pfeil aus dem düstern Brodem ins Helle hinauf. Und wenn dieser stummen Gespenster- und Todeswelt noch Sinne geblieben wären, so hätte sie die Bewegung des Mädchens als einen Schrei des Entsetzens und ewigen Abschieds vernommen; so aber waren sie zurückgelassen, der Wohltat der Sinne beraubt und *zum Wissen verdammt*.

»Damit schließt der zweite Gesang«, sagte der Dichter, »und im dritten beginnt die Hölle, die Hölle des Wissens.«

Wislizenus hatte einen winzigen Rest vom Geruch der Nacht in seinen Sinnen; der peinigte ihn, daß er eine Erinnerung, einen Gedanken, ein Einverständnis über seine Person hinaus suchen mußte. Nach einem Seufzer des Verzichts brach er, als der Dichter schwieg, unvermittelt aus: »Verflucht sei doch keiner wie der Mensch, der uns lehrte, in der Natur etwas zu suchen, das spricht! Welch eine Qual, das Unfaßbare vor Augen zu sehen. Die Trauer, daß die Natur uns nichts gibt, das ist alles, was sie gibt. Die Linie des Horizonts ist die größte Marter, die ich kenne; das Licht ist eine schlimmere Ungeduld als die Pubertät; und wenn ich nun denke, daß es doch vielleicht Menschen geben könnte, die in Heiterkeit Herren darüber sind, worüber ich nicht Herr bin -! Zu denken ein Gemüt, das alle Schönheit, alle Seele, die Feierlichkeit, das Geheimnis der Bäume, des Horizonts, des Lichtes und der Dunkelheit nicht, wie ich, mit Trauer und Sehnsucht faßte, sondern mit Freudigkeit und Besitz! Es ist das Wesen des Horizonts, traurig zu machen – wie? das sagte ich schon? – aber zu denken der, den es heiter machte! Die Unfaßbarkeit der Schönheit – zu denken der, der sie faßte – versteh es recht: nicht der die Schönheit faßte, sondern die Unfaßbarkeit! Doch verzeih! glaube nicht, daß ich nicht gehört hätte! Vielleicht nur – bin auch ich schon unter deinen ›wissenden Seelen‹.«

Der Dichter schüttelte besorgt den Kopf und sagte ungekränkt: »Du bist nervös, Freund. Die Einsamkeit, ja, in dieser Übertreibung, wie du sie pflegst, ist doch ein Gift.«

»Laß weiter hören«, sagte Wislizenus; und der Gast begann seinen dritten Gesang, der von der Strafe der Seelen handelte, die zum »Wissen« verdammt sind. Jetzt löste das Gedicht sich in Gestaltung auf, und es war schnell ersichtlich, daß es Repräsentanten der Menschheit einzeln vornehmen, ihre Lüge entlarven und ihre Sünde abstrafen wollte.

4

Aber der Vorlesende kam nicht weit, ein Gegenstand wurde an die Haustür geworfen, von dem Wislizenus sogleich vermutete, daß er das Geldstück wäre, das er dem Betrunkenen gegeben hatte. Und wirklich donnerte es gleich darauf wieder an die Tür, und ein heulendes Schimpfen hob an. Wohlgethan war tief gekränkt. Wislizenus aber sah ihn an und wurde mit einem Schlage blaß bis in den Bart; ihm schwindelte, wie einem bei vorgestellter Wut schwindelt; er ging an die Kommode, nahm seinen Revolver heraus und steckte ihn in die Tasche. Als er an der Haustür war, den Schlüssel umdrehte, hörte er den Betrunkenen, immer brüllend, zurücktaumeln, er öffnete die Tür und trat hinaus. Der Betrunkene stand fünf Schritte vor ihm auf dem Hof, riesengroß in dem schwachen Licht vom Flur, er lachte wütend und schrie:

»Willst du Hund mir für eine lumpige Mark dein Haus abkaufen? Willst mir dein Licht abkaufen für eine Mark? Willst Bücher lesen?«

Wislizenus nahm den Revolver aus der Tasche und trat auf den Betrunkenen zu. Der schrie ihn mit gesteigerter Wut an: »Für eine Mark tu' ich es nicht wieder.« Wislizenus hob den Revolver und schoß; der Betrunkene fiel mit einem japsenden Laut zusammen.

Einen Augenblick blieb Wislizenus stehen, dann ging er zurück, schloß, wie jedesmal, die Haustür sorgfältig und kam in sein Zimmer. Dieses Mal traf er den Dichter nicht beim Korrigieren, Wislizenus ging hinter ihm zur Kommode und legte den Revolver hinein, dann nahm er wieder seinen Platz ein.

»Was war das«, fragte Wohlgethan entsetzt, »es war mir doch, als ob – ich hörte doch –«

Wislizenus sah ihn prüfend an. »Du kannst jetzt ungestört weiterlesen. Lies weiter, Wohlgethan! er wird dich nicht mehr stören.«

»Was hast du gemacht?« fragte der Dichter.

»Ich habe ihn abgeschossen wie einen Hund, der er war«, lautete die Antwort.

Er ist wahnsinnig, fuhr es Wohlgethan durch den Sinn, und alle seine Glieder lösten sich vor Schreck. Er sah, wie seinem Gegenüber

die Schläfen bebten, aber seine Stimme klang beherrscht, als er fort-
fuhr, ohne daß freilich Wohlgethan unterscheiden konnte, ob der
Wahnsinn oder der teuflische Hohn zu ihm spräche:

»Wäre ich an deiner Stelle, oder wären wir beide an der Stelle ir-
gendeines verschollenen Helden, so würden wir uns über diesen
Zwischenfall leicht fassen. Sollte das flüchtige Leben einer Fliege« –
er zeigte auf eine, die winterträge an dem Manuskripte kroch –
»nicht leicht wiegen gegen Verse, die vielleicht die Unsterblichkeit
von Jahrzehnten in sich tragen! Gesteh es: auf eine so großartige
Weise ist noch keinem Dichter geschmeichelt worden.«

Doch Wohlgethan war nicht imstande, die Sache von dieser Seite
zu nehmen. Mit einer fast kindlichen Bangnis rief er aus:

»Aber, Wislizenus, ein Mensch! es ist ja ein Mensch!«

»Ich dachte, es wäre ein Hund«, erwiderte Wislizenus, »ich dachte, es wäre eine Fliege. Hund, Fliege, Mensch, liegt an dem Namen
was? Du wirst doch nicht den Aberglauben des Wortes haben! Ich
versichere dir, es war ein gänzlich verwahrloster Landstreicher und
Chausseefeger. Er war, und jetzt ist er nicht mehr. Schade, ich dachte, daß dir damit etwas Gutes geschehe, – aber wem ist denn was
Übles geschehen? Niemandem. Ich versichere dir wiederum, es hat
ihn keine Qual gekostet. Der Schmerz ist ein Übel, der Tod nicht. Er
war, und jetzt ist er nicht mehr, basta. Lies weiter.«

Wohlgethan zitterte vor Furcht: »Lesen?«

Wislizenus sagte: »Er war einer von den wilden Landstreichern,
vielleicht schon über die Fünfzig, der sich nach seiner ersten Zucht-
hausstrafe, wenig über zwanzig Jahre alt, von der menschlichen
Gesellschaft abgelöst hat. Seinem Aussehen nach würde ich ihn für
einen Litauer halten. Niemandem ist Übles mit seinem Tode geschehen, es sei denn, du glaubtest, ihm selbst. Glaubst du das?«

»Ich kann nicht philosophieren in diesem Augenblick«, erwiderte
Wohlgethan.

»Kannst du es nur, wenn es ein Spaß ist?« höhnte Wislizenus offen heraus; »glaubst du, daß er eine Seele hatte? Nein, du glaubst es
nicht, so wenig du es von der Fliege glaubst. Dann ist also nichts
weiter geschehen, als daß eine etwas zu groß geratene Fliege ge-

klatscht wurde. Oder bist du ein wenig angesteckt von deinem eigenen Gedicht? und hätte er also doch ein Stück Seele gehabt? Oh, nicht wahr, lieber Freund, dann haben wir -.«

Unwillkürlich warf der Mitschuldige ein: »Wir?«

»Nein, ich«, sagte Wislizenus, »dann habe ich ihm wohlgetan, dem Leibe, den die Seele gewiß gequält hat, und der Seele, die sich verzweifelt in ihrem Gefängnis stieß. Dann hockt sie vielleicht, diese Seele, draußen auf dem Zaun und schaut durch den hölzernen Fensterflügel zu uns herein. Eine Seele kann gewiß durch ein fichtenes Brett sehen.«

Wohlgethan, aufs äußerste gequält, erhob sich zitternd und wollte hinaus.

»Wohin?« fragte Wislizenus.

»Nachsehen, ob nicht zu helfen ist«, sagte Wohlgethan mit Tränen in den Augen.

Aber als er sich zum Gehen wandte, hielt ihn das laute Gelächter seines Freundes zurück. »Nun, Wohlgethan, setz' dich«, sagte er. »Hast du wirklich diesen ganzen Spuk geglaubt? Oh, die Eitelkeit der Dichter ist doch grenzenlos! Es als möglich anzunehmen, daß man einen Menschen tötet, damit ein Dichter ungestört Verse vortrage!«

Zweifelnd, aber von einem beginnenden Jubel bedrängt, sagte Wohlgethan: »Ich habe doch den Schuß gehört!« »Natürlich hast du ihn gehört«, rief Wislizenus, »er hat ja geknallt. Ich habe den Revolver ständig voll Platzpatronen; ohne die getraute ich mich nicht so allein hier zu hausen. Mehr als einen Knall aber hat man wohl in den seltensten Fällen nötig, und für die seltensten Fälle – sorge ich nicht. Ohne ein Gewaltmittel, kannst du sicher sein, wären wir den Kerl nicht losgeworden. Der kommt nicht wieder, ich sah ihn noch gerade durch den Nebel davontorkeln, dem Walde zu, dort mag er seinen Rausch ausschlafen, oder in der Feuchtigkeit verklammen, oder sich an seinem Hosenriemen aufhängen. Würde es dir irgend etwas ausmachen, welcher von den drei Fällen eintritt?«

Wohlgethan sann einen Augenblick nach und antwortete: »Doch. Wenn ich in der Zeitung lese, daß da und da im Walde ein erhängter Trunkenbold aufgefunden wurde, so ist mir das vollkommen gleichgültig. Wenn es aber dieser und jener bestimmte Mensch ist, den ich kenne oder der mir auch nur begegnet wäre – am Schalter eines Bahnhofs, wenn ich ein Billett löse, gleich ist ein Interesse da, und mir wenigstens ist es in solchen Fällen so, als ob mein Verhältnis zu ihm stärker gewesen wäre, als es in Wirklichkeit war.«

»Nun, siehst du«, sagte Wislizenus, »so hätte ich ihn ja schon deshalb nicht töten dürfen, weil er gar nicht so losgelöst in der Welt herumschwamm, wie ich glaubte; hing er doch schon mit einem Fädchen an dir.«

»Und an dir«, versetzte Wohlgethan lebhaft, »und nicht an einem Fädchen, sondern an einem Seil, wenn du ihn getötet hättest. Der Mord ist ja eine Tat in der moralischen Welt auch ohne seine Wirkung, – und das war der Fehler in deiner ganzen Philosophiererei von vorhin. Du wolltest den Mord nur nach seiner Wirkung wägen, das eben ist der Fehler.«

»Sieh da«, sagte Wislizenus, »nun bist du wieder ein Dichter.«

Als aber Wohlgethan nach einem weiteren Gespräch doch wieder zu lesen anhub, mußte er die Bemerkung machen, daß er aus dem Umkreis seiner eigenen Dichtung vertrieben war und sie so von außen fühlte, wie kaum ein fremder Hörer. Eine schreckliche Nüchternheit befing ihn, und seine Verse klangen ihm nüchtern, willkürlich und sinnlos am Ohr vorbei. Dabei konnte er sich nicht enthalten, zuweilen hinauszuhorchen und in den dunklen Fenstern nach einem Paar Augen zu spähen.

Sein Gedicht bewegte sich indessen jetzt lebhafter vorwärts als in den einleitenden Partien. Es zeigte an scharf aufgefaßten Beispielen, wie die wissend gewordenen Seelen der Lüge inne wurden, von der sie während des Lebens umgeben waren. Da war zuerst ein reicher Wohltäter, dicker als die andern bleichen Lichtkugeln, der im Schweben noch wackelte und immer dicker wurde von der Erkenntnis, daß er Heuchelei statt Dank, Neid statt Dank, Fluch, Haß und Todesfeindschaft statt Dank überall geerntet hatte, wo seine Hilfe hingeflossen war; und alles das schmeichelte ihm jetzt mehr, als ihm im Leben Demut und Kriecherei geschmeichelt hatten; so daß er sich aufblähte vor Selbstgefälligkeit und moralischer Überlegenheit hoch über die andern Seelen hinaus; aber im Augenblick des Triumphes spürt er durch all seine Gespenstatome hindurch, daß er auch gelogen hat mit jedem Pfennig und jedem Goldstück, die er in die Hände der Armut gelegt, daß er unterdrückt, verhöhnt, verachtet und verspottet hat, wenn er spendete: er sinkt wie ein geplatzter Kinderballon zu einem Mißhäutchen zusammen, – und da lachten die Seelen auf dem Markte.

So in einem bösen, immer böseren Reigen führte der Dichter seine Typen vor. Aber die saubere Ordnung und Vollständigkeit seiner Gesichte erschien ihm jetzt pedantisch und quälte ihn, so daß er immer abgehackter las und für jeden Vorwand, aufzuhören, dankbar gewesen wäre.

So war er denn wie erlöst, als Wislizenus, gleichsam unwillkürlich und bezwungen, bei einem Absatz ihn unterbrach: »Es ist stark; stark und gut.« Wohlgethan, der verständlicherweise dem Wort nicht glaubte, sah ihn bedenklich an; aber Wislizenus stand auf, und als ob er von der Vortrefflichkeit des Gehörten geradezu bedrängt wäre, ging er durch das Zimmer und sprach mit dem Verständnis, das ihn auszeichnete, und dabei mit gut gesteigerter Hingerissenheit über das Werk.

Sonderbarerweise wurde Wohlgethan davon nur immer mutloser. Es war in den Worten seines zweideutigen Freundes etwas, was das Gedicht als Leistung richtig und dabei weit über das Mittelmaß einschätzte, was ihr aber einen Platz ganz außerhalb der Wahrheit anwies, in der die wirklichen Meisterwerke der Kunst zu Hause sind. Niemals hatte Wohlgethan eine solche Hellhörigkeit für diesen zweideutigen Ton gehabt wie jetzt, und so überwand er sich, und mitten während der Expektoration des andern klappte er sein Manuskript zu und sagte: »Weiter wollte ich dir ohnehin nicht vorlesen.« Wislizenus nahm das mit einer lebhaften Geste an, als verstünde er den Dichter vollkommen. Dann erkundigte er sich nach dem Plan und Fortschritt des Werkes, aber Wohlgethan wich ihm aus und sagte: »Verzeih, daß ich darüber nicht spreche, ich möchte mir jedoch nichts vorwegnehmen; man muß sich eine gewisse Selbstüberraschung sichern. Ich bin dir sehr dankbar, daß du mir zugehört hast und bisher nicht ganz widerwillig gefolgt bist.«

Wislizenus, den das geschlossene Manuskript befriedigte, bezeigte eine große Wärme und sprach noch einmal zusammenfassend über das Gedicht, in einer Weise, die den Dichter, und schließlich ihn selbst, mit dem Stand der Dinge, nämlich der Lektüre und dem Aufhören der Lektüre, aufs beste versöhnte. »Nun aber«, schloß er, »müssen wir noch etwas miteinander trinken und auch rauchen, und dann heißt es zu Bett, es ist elf Uhr vorbei, da schläft die ganze Welt hier – bis auf das, was wacht, natürlich.«

Er brachte aus einem Schrank im Nebenzimmer Gläser und eine Kiste Havannazigarren, bat den Freund, sich zu bedienen, und holte inzwischen aus einer Kammer neben der Küche den Wein, eine dicke Flasche, deren ehrwürdiger Altersstaub etwas Besonderes versprach und auch hielt. Er goß ein, es war ein schwerer, wie reines, flüssiges Harz leuchtender weißer Burgunderwein von einem alten Jahrgang. Dann setzte er sich wieder an seinen Platz, aber bevor er mit dem Freunde anstieß, legte er ihm die Hand auf den Arm und sagte: »Diese unendliche Stille! jetzt erst ist sie wieder da, jetzt erst hat sie auch dich vollständig bezwungen und deine widerstrebenden Wellen in sich bezogen.«

Der Dichter horchte ins Zimmer hinein, und auch ihm schien die Stille so ungeheuer, daß er sich im Augenblick kaum vorstellen konnte, das Haus stehe über der Erde, vielmehr schien es tief hineingesunken und überlagert von Schichten der Dunkelheit und des Schweigens.

Sie saßen unter spärlichem Gespräch, rauchten, tranken die Flasche und noch eine zweite leer, ohne daß der Dichter merkte, daß der andere ihm immer zweimal einschenkte, ehe sich einmal. Dann begleitete Wislizenus seinen Gast in das unter dem Dach gelegene, ziemlich kahle, aber saubere Fremdenzimmer, deckte ihm das Bett ab und sagte, er selbst schlafe in dem Zimmer geradeüber, falls Wohlgethan etwas wünsche; er habe, da die Post sehr früh zu ihm herauskomme, nur noch eine Viertelstunde zu schreiben. Dann wünschten sie einander gute Nacht, und Wislizenus ging in sein Zimmer hinunter.

5

Er saß eine Viertelstunde in seinem Sessel, ohne sich zu rühren, und er bedurfte der äußersten Anstrengung, um sich zu erheben und an die Arbeit zu gehen, die ihm bevorstand. Seine Tat erregte ihm aller paar Minuten ein augenblickskurzes Erstarren; aber nur weil sie so vollkommen unwiderruflich war. Nur weil es ihm unverständlich war, war es ihm schauderhaft zu denken, daß, ein paar Stunden in seinem Leben zurückgerechnet, ein Motiv von Flaumfederleichtigkeit genügt hätte, etwas zu verhindern, worein keine Macht der Welt jetzt noch eine Änderung bringen konnte. Vor dieser Tatsache wurde sein Impuls zur Tat ihm noch geringer, als er ohnehin gewesen war. Sobald er aber wieder diesem Impuls nachdachte, korrigierte er seine ganze Gedankenkette, indem er, statt ein paar Stunden aus seinem Leben, jetzt ein paar Stunden im Leben überhaupt zurückrechnete; und nicht etwa nur im Leben seines Freundes, des Dichters, oder des toten Vagabunden. Denn nun sah er den Freund vom Wagen steigen, sah die vier Beine und den Leib des Pferdes im Nebellicht sich riesenhaft davonbewegen, und wußte nicht, wo er das Messer hätte einsetzen müssen, um das Stück dieser wenigen Stunden aus der Welt herauszuschneiden. Und unter der Verschnürung dieses Zwanges vermochte er nun auch den toten Vagabunden nicht so von allem Zusammenhange der Menschen loszulösen, daß ihn ein Zufall hier auf den Hof geblasen hätte. War es kein Zufall, so war es das Schicksal, – und plötzlich schien es dem verstrickt sinnenden Manne etwas tief und großartig Erregendes zu sein, sich vorzustellen, wie dem bärtigen Straßenläufer eine Parze den Faden zugesponnen habe, von der Wiege, vielleicht auf einem Weichselfloß, bis zu diesem abseitigen Hofe einer märkischen Kiefernebene. Da war einer jener Augenblicke der Erstarrung, und wie mit einem lautlosen kugelförmigen Brausen fühlte Wislizenus sein Haus von allen andern menschlichen Häusern abseits in einer Einöde liegen, wie kaum einer der Kontinente sie noch bergen mochte; der Vagabund aber wuchs ihm in diesem Zustand, der eine schwache, wankende Ähnlichkeit mit dem Alpdrücken seiner Kindheit hatte, zu etwas so irrsinnig Großem, als ob sein breiter Bart den ganzen Hof füllte.

Dennoch war in all diesem keine Spur von Angst. Die vollkommene Sicherheit, die Wislizenus wußte, schützte ihn vor jeder inneren Hast, sie glich etwa dem Zustande, wenn er am Morgen eine Belästigung durch einen zu schreibenden Brief fühlte und dann beschloß, die Arbeit bis zum nächsten Tage zu schieben, wo ihm dann der befreite Tag besonders lang und heiter vorkam.

Er horchte zur Treppe hinauf, und als ob ihn das versichert hätte, daß der Dichter schliefe, richtete er sich besonnen auf sein Geschäft ein. Er ging in die Küche, die neben dem Hausflur lag und ein Fenster nach Stall und Garten hin hatte, und schloß vorsichtig die Läden fester. Dann öffnete er, nachdem er seine elektrische Taschenlampe zu sich gesteckt hatte, die Haustür ohne Geräusch und ging auf den Hof. Die Nebelschicht war gewaltig in die Höhe gewachsen, die Sterne waren verschwunden, und eine zarte, zähe Feuchtigkeit schlug sich nach allen Seiten hin nieder. Er näherte sich, die Füße über den Erdboden schiebend, der Stelle, wo er den Toten vermutete, blieb nach ungefährer Schätzung stehen und ließ jetzt erst den scharfen Stich seiner Taschenlampe vor sich im Dunkel suchen. Sobald er gefunden hatte, was er suchte, ließ er den dünnen Stich des Lichtes auf dem dunklen Körper mehrmals auf und ab zucken, und zu seiner, ihn wunderte selbst wie ungeheuern Erleichterung sah er den Toten auf dem Rücken, mit dem Kopf zum innern Teil des Hofes nach dem Stalle zu liegen. Er prägte sich die Lage des Körpers genau ein, stellte das Licht seiner Laterne ab und steckte sie in die Tasche. Dann schritt er zum Stalle, die Schritte zählend, es waren sechzehn, sperrte die Stalltür auf und ging wieder die sechzehn Schritte zurück. Er hatte sie aber in der Sorgfalt seines Zählens etwas kürzer genommen als vorhin, und als er sich bückte, faßten seine Hände in das kalte, feuchte Gesicht des Toten. Einen Bruchteil einer Sekunde zitterte sein Bewußtsein so genau im Gleichgewicht, daß es um ein Haar in ein fassungsloses Entsetzen hätte umschlagen können. Aber er hielt sich und nahm mit voller Kraft, wobei nur eine Hitzewelle über seinen Körper ihm zeigte, wie kalt er eben gewesen war, den Toten über den Arm, zog ihn zu seinem Leibe empor und schleppte ihn rückwärts in den Stall. Hier ließ er ihn sachte nieder, legte seine wieder angezündete Taschenlaterne auf den Holzklotz und sah sich genau um. Der Stall enthielt nichts als sauber aufgeschichtetes buchenes Brennholz, ein paar alte, zum

Zerschlagen hineingestellte Kisten, Axt und Säge und anderes Handwerkszeug, wie es in einem gut gehaltenen Hause gebraucht wird. Er bettete den Leichnam an der dunkleren Wand des Stalles und stellte die Kisten davor. Dann nahm er einen Arm voll der Buchenscheite, soviel ungefähr am nächsten Morgen zum Heizen des Küchenherdes und eines Ofens nötig schien, und wollte den Stall verlassen; aber zwei-, drei-, viermal schien es ihm an Holz zu wenig, und er packte sich jedesmal noch einen Griff davon auf den Arm. Und so, eine lächerliche Last von Holz in der Beuge des linken Arms an sich pressend, und ein paar Stücke in der rechten Hand neben sich schleppend, schlich er sich hinaus und in die Küche, wobei er die Tür mit dem Ellenbogen herunterdrücken mußte, und hob seine Last in den Kasten, in welchem, wie er mit Befriedigung feststellte, noch Holz war, so daß die Magd am nächsten Morgen nicht notwendigerweise die ihr abgenommene Arbeit bemerken mußte. Dann ging er sachte zurück, schloß die Stalltür und steckte den Schlüssel zu sich. Und mehrmals ging er vom Stall gemessen sechzehn Schritte hin und wieder, mit den Füßen breit über den weichen Erdboden wischend. Der Nebel brodelte in dem schwachen Licht vom Flur dick und troff wie Regen. Wislizenus war höchlichst damit zufrieden und sagte sich, kaltmütig vor lauter Erschöpfung: gäbe es einen Verdacht, so fände der Dümmste soviel Spuren wie nötig. Es gibt aber keinen Verdacht, und so verraten auch die deutlichsten Spuren nichts. Eben, während er diesen Gedanken hatte, trat sein Fuß einen harten Gegenstand in den Sand, er hob ihn auf, es war ein knotenreicher Stock aus Wacholder ohne Krücke. Das Hauptindizium, dachte er, und nahm den Stock ins Haus mit. Er stellte ihn in eine Ecke des Hausflurs, löschte die kleine Lampe und ging in sein Zimmer nach oben, zu schlafen.

Wirklich verfiel er, kaum daß er sich im Bette ausgestreckt hatte, in Schlummer; und als er aufwachte, war er sogleich so überwach und übermunter, daß er glaubte, es sei schon Morgen und Zeit, der Magd das Haus aufzuschließen, wie er täglich zu tun hatte. Er machte Licht, es war halb drei Uhr. Rechnete er nach, so konnte er nicht länger als anderthalb Stunden geschlafen haben. Er löschte das Licht wieder und sah so angestrengt in das überströmende Dunkel des Zimmers, *als ob er beobachtet würde.* Er sah sich mit einer Last von an der Schnittfläche ziegelroten Buchenscheiten aus dem

Holzstall über den Hof gehen, im vollständigen Dunkel der Nacht. Wie konnte er sich sehen, wenn es doch dunkel war? und doch sah er so bestimmt, daß er die scharfe Keilform der harten Buchenstücke so genau wie ihre Farbe bemerkte.

Es fiel ihm ein, daß in den Erzählungen russischer Dichter die Mörder immer in einen so tiefen Schlaf, wie der seinige gewesen war, verfielen, und immer, wie er, mit plötzlicher Überwachheit daraus aufjagten. Aber was sie auftrieb, war immer das Gewissen, die beginnende Neugeburt ihrer Menschlichkeit. Er jedoch, Dr. Wislizenus, lag da, hörte ein leises Graben und Schaben des Wurms im Holz, hörte von den Treppenstufen die Geräusche, die unschuldigen, die doch nichts weiter waren als ein über ein paar hundert Jahre hingezogenes Erdbebenkrachen des versinkenden Hauses, all das leise Knacken und winzige Splittern, das vom Quillen der Feuchtigkeit, vom Nachzittern der Tritte, von der bloßen Schwere der Lasten stammte, und wußte nichts vom Gewissen – so wie er nichts vom Strich des Horizonts mit dem Mond darüber wußte, von Wald, Wasser und Luft nichts wußte; und sogleich wies er es mit Geisteskraft triumphierend zurück, daß in dieser Form, in diesem Vergleich das Gewissen sich einschleichen könnte. Es schien ihm sicher, daß das Gewissen nur aus der Furcht vor den Folgen der Tat entstünde. In Salas y Gomez gäbe es kein Gewissen, und ich bin in Salas y Gomez. Salas y Gomez raget aus den Fluten – zu denken die Nacht des Weltmeers, die eine unbewohnte Insel umfängt! Wenn ich jetzt schliefe, würden auch nur Träume dieses Salas y Gomez hier bevölkern, ungehört würde es im Gebälk ticken! Könnte sein, daß ich eine unsterbliche Seele habe, die einmal Rechenschaft ablegen muß. Gut, so werde ich bis dahin warten. Ja, wenn die Wahrscheinlichkeit davon wie tausend zu eins wäre, so würde ich mich um einen Vorteil betrügen, wenn ich auch nur eine Stunde früher als nötig Qualen wegen einer Tat erleiden wollte. Das wäre so sinnlos, wie es ehemals sinnlos war, daß ich über die Tötung eines Käfers Qual empfand.

Während Wislizenus diesen und ähnlichen Gedanken nachging, konnte er nicht verhindern, daß er, ohne jeden Zusammenhang, sich selbst wieder mit dem Arm voll Holz aus dem Stall schreiten sah. Er schüttelte seinen Kopf gegen das Bild wie gegen Kopfschmerzen, aber es blieb, ging und kam wieder, unabhängig von seinem Willen.

Wie lächerlich dieser Magddienst an ihm! Das stumme, aufdringliche Bild flüsterte ihm etwas in die Seele: etwas von der ungeheuern, nie zu fassenden Sinnlosigkeit und Nutzlosigkeit seiner Tat.

Wislizenus richtete sich auf. Das Bewußtsein von der Sinnlosigkeit der Tat fing an ihn zu quälen und zu zerfleischen. Er erinnerte sich, daß er an seinem Freunde, dem Dichter, etwas hatte strafen wollen mit seiner Tat. Aber in seinen überheblichen Gedanken über den Dichter, über die Dichtung, über das tote, affektierte Gerede des Verses gewahrte er jetzt seine eigene, unfaßbar große Lebensschwäche.

Wen der Schein und das Gleichnis, der Selbstbetrug des Weisen und der kindliche Hochmut des Dichters bis zur Ratlosigkeit, bis zum Gelüst, sie zu verhöhnen und zu strafen, empören kann, der steht unsicher in seinen Schuhen, und daß er immer recht hat, ist nur sein lügenvollstes Anrecht, nichts Besseres. Wislizenus hatte die Stadt und ein in Jahrzehnten aufgebautes Leben verlassen, weil er glaubte, die Wirklichkeit so hüllenlos entdeckt zu haben, daß jede Form menschlicher Gemeinsamkeit davor zu einer Nichtigkeit wurde. Ein Mensch, der seine Notdurft verrichtet, erregt das Lachen oder den Ekel – denk ihn nicht obenhin, denk ihn wirklich, und er erregt weder Lachen noch Ekel. Eine nackte Frau im Bett, von ungefähr vorgestellt, macht wollüstig, aber stell' sie dir nicht von ungefähr vor, stell' sie dir wirklich, ja in der Wollust selbst vor, und dir macht sie keine. Ein Geschwür, eine Wunde, eine Verkrüppelung so schaudervoll, daß sie nicht das Mitleid, sondern die Mordlust wecken, sie sind nicht schaudervoll, wenn du sie wirklich betrachtest, Linie an Linie, Farbe neben Farbe.

Aber Wislizenus ließ diese Gedanken nur wie Hunde an sich emporspringen, wehrte ihnen nur mit den Händen und schenkte ihnen keinen Blick; sein Blick suchte über die Meute hinweg den Jäger. Und plötzlich fühlte er einen schweren Schlag: *Es ist! Die Welt ist!* In diesem Augenblick ist sie, zum erstenmal. Der ganze Verlauf bis hierher hat den Sinn, diesen Augenblick geschaffen zu haben. Bis hierher war alles Traum, Schauspiel und Wahn – jetzt aber ist die Welt! Sie ist – und nun erst ist sie auf ewig unverständlich.

Weiter versuchte er in die Nacht nicht vorzudringen, weiter wäre er freilich auch nicht gekommen. Er ließ sich in das Bett zurückfallen, stopfte sich die Kissen unter jede Höhlung des Körpers und verbrachte, ohne sich zu regen und ohne zu schlafen, die langsamen Stunden; bis endlich die ersten Sperlinge schlugen und das Haus und der Stall und der Garten wieder aus der Nacht in das Licht emporgehoben wurden.

6

Es war freilich nur erst ein graues, schwaches Licht in der Welt, als er aufstand, die Haustür öffnete und den Hof, aufmerksam suchend, hin und her schritt. Der Nebelregen hatte alle auffälligen Spuren zur Genüge verwischt. Um das viele Holz zu rechtfertigen, heizte er den kleinen weißen Ofen in seinem Arbeitszimmer selbst, setzte sich an seinen Tisch, wo zwischen den Büchern noch die Weinflaschen, Gläser und Zigarren und Aschenschalen von gestern standen, und ließ diese abgestandene Unordnung, gegen seine sonstigen Gewohnheiten, unberührt. Die Magd kam, er hörte sie in der Küche wirtschaften. Da sie sich über nichts im Leben ihres Herrn wunderte, weil nichts im Leben ihres Herrn ihr verständlich war, nahm sie es auch mit ihrer gewohnten, scheuen Gleichgültigkeit hin, daß er geheizt hatte. Sie deckte im Speisezimmer den Frühstückstisch mit ihren bäuerischen, schüchternen Gebärden, und Wislizenus fühlte durch ihr Ab- und Zugehn den Tag in sein gewohntes Geleise gebracht.

Nicht lange, so fand sich Wohlgethan ein und gewahrte mit Erstaunen den reich besetzten Tisch, auf dem drei große, in der Form verschiedene Kannen, eine jede über einer kleinen Spiritusflamme, warm gehalten wurden.

»Tee, Kaffee, Schokolade, was befiehlst du?« »Das ist ja sybaritisch«, meinte Wohlgethan. »Ach«, sagte Wislizenus, »das ist quoad Magen mein einziger Luxus, er wäre unnötig, wenn ich eine Magd hätte, die von selbst wüßte, was sie mir an jedem Morgen zum Wetter gehörig zubereiten müßte; dann brauchte ich nicht für alle Möglichkeiten zu sorgen. Teewetter hatten wir schon eine ganze Woche nicht, für Kaffee ist es noch zu flau, ich werde Schokolade nehmen. Wenn ich eine Phantasie habe, woran ich zuweilen zweifle, so wird sie durch diese Düfte – trinkst du den Tee so dünn? – jedenfalls wird sie nach der geographischen Seite hin nicht erregt. Höchstens an die Verpackung denke ich zuweilen, ein Kaffeespezialgeschäft gehört zu den stilvollsten Dingen, die ich kenne, ja, und dann natürlich an das Wetter. Heute ist Schokolade, bald wird es Kaffee sein, und dann werden ja auch die Tage für Tee noch einmal in die Welt kommen.«

Das war nicht die gewöhnliche Art zu reden bei Wislizenus, und Wohlgethan sah über seine an den Mund gehobene Teetasse aufmerksam zu dem Gastfreund hinüber. Die Magd kam herein und sagte: »Ich habe ein Markstück beim Abfegen auf der Schwelle gefunden.«

»Sechzehn«, unterbrach Wislizenus.

Das Mädchen legte das Geldstück auf den Tisch. »Was sechzehn?« fragte Wohlgethan. »Sechzehn Schritt«, erhielt er zur Antwort und ein rätselhaftes Lächeln dazu. Das Mädchen wußte nicht, ob es gehen oder Bescheid bekommen sollte.

»Die Mark gehört Ihnen«, sagte Wislizenus, »ich habe sie gestern schon einmal verschenkt, aber der stolze Vagabund hat sie mir gegen die Tür zurückgepfeffert, fort mit Schaden«, und er schob das Geldstück dem Mädchen hin.

Wohlgethan wurde es unbehaglich zumute. In der Nüchternheit des Morgens erschien ihm der ganze gestrige Abend wie etwas widerwärtig Übertriebenes. Sein Verdacht gegen Wislizenus kam ihm ganz unausdenkbar absurd vor, und während er sich das mit den stärksten Ausdrücken innerlich sagte, spürte er, daß er Wislizenus ohne die Witterung von Verdacht nicht mehr würde anschauen können. Ja, er fühlte die ganze Niedertracht *jedes* Verdachtes in dem Zwiespalt in sich, nach welchem man einen Menschen wegen eines vermuteten Verbrechens verachtet, den man wegen eines eingestandenen oder sonstwie offenbaren beklagen, bewundern, sich vor ihm entsetzen, aber jedenfalls ihn nicht verachten würde.

»Wie verteilen wir den Vormittag?« fragte Wislizenus. »Ich schlage vor: erst ein Spaziergang, dann liest du vor Tisch deine Sache zu Ende.«

»Lesen?« fragte Wohlgethan hastig, »o nein, ich habe auch nichts mehr zu lesen. Vom vierten Gesang habe ich ja kaum mehr als eine Skizze. Zwölf sollten es werden, ich weiß nicht. Nein, und am Vormittag lesen, das geht nicht, ich bin ein Abendvogel, das weißt du ja.«

Wislizenus ließ eine kleine Pause vorbei, ehe er sagte: »So wirst du heute abend weiterlesen.«

Doch Wohlgethan wehrte das sogleich ab: »Heute abend muß ich in Berlin sein, ich gedenke mit dem Mittagszuge zu fahren. Ich habe ja, Egoist, der ich bin, wieder deine Zeit und dein Interesse mehr als gebührlich für mich genommen.«

»Ja, Egoist, der du bist, Dichter, der du bist«, unterbrach ihn Wislizenus, »schade, nun hast du mir alle deine starken Geister ins Haus gebracht, und heute abend werde ich hören, wie sie noch ein Weilchen herumfegen, in acht Tagen haben sie sich zur Ruhe gelegt, wie der Staub unter dem Dach.«

»In acht Tagen?« fragte Wohlgethan gespannt; worauf Wislizenus lebhaft erwiderte:

»Ja, so lange werde ich wohl brauchen. Du unterschätzest doch hoffentlich nicht selbst die Wirkung, die von deinem Werke ausgeht. Den Himmel und die Hölle beschwören, das ist nichts Alltägliches, und man findet sich nicht so schnell damit ab, wenn man auch weiß, daß alles nur ein Gleichnis ist. Vielleicht nicht einmal ein bloßes Gleichnis. Das Volk beobachtet immer richtig, es schließt nur falsch; und wenn es nicht aufhört, von Gespenstern zu fabeln, so bin ich nicht abgeneigt, zu sagen: es muß etwas daran sein. Grade daß die Gespenster nur Unsinn und Schabernack treiben, grade das könnte vielleicht mehr für als gegen ihre Existenz aussagen. Man könnte sich vorstellen, daß der Mensch die Aufgabe hat, das Leben durch die Seele oder die Seele durch das Leben bis auf den letzten Tropfen aufzuzehren, und wem das nicht gelingt, der ist nicht fertig, nicht zu Ende, nicht vollendet oder erlöst oder wie du es nennen willst, und der muß weiterspuken, wie er auch vor dem Tode mehr gespukt als gelebt hat. Goethe und Napoleon spuken nicht, aber der Faule, der Dumme, der Eitle, der Hochmütige, der Geizhals, die gehen um. Sehr viel weniger Frauen gehen um als Männer, und Kinder hoffentlich gar nicht. Es ist sehr interessant, daß du deine Hölle unbewußt so zu bevölkern scheinst, wie das Volk seine Kirchhof- und ehemaligen Spinnstubengeschichten.«

Wohlgethan wurde es warm ums Herz, und Wislizenus merkte wohl, daß es nur noch eines burschikos derben Wortes bedurft hätte, um ihn zum Bleiben zu bewegen. Aber er hütete sich wohl, in diesen Ton zu verfallen, sondern befliß sich einer höflichen Haltung, wodurch alle Entschließungen gültig wurden. Sie verhandelten weiter bis ins einzelne über Wohlgethans Epos, nur Wislizenus richtete bei aller scheinbaren Aufmerksamkeit seine Gedanken auf den Ablauf der Stunden, dessen ihm geläufige Anzeichen er auf das genaueste kontrollierte.

Er fürchtete, daß die Magd vor der Zeit nach dem Stallschlüssel fragen könnte, und war froh, als ein Blick auf die Uhr ihm zeigte, daß es nahe an zehn war. Als er aufstand, erhob sich auch Wohlgethan und machte nun seinerseits den Vorschlag, auf einem Umwege nach einem ausgiebigen Spaziergange ins Dorf zu gehen.

Wislizenus dachte einen Augenblick nach, dann rief er das Mädchen herein. »Hast du deine Sachen schon gepackt?« fragte er Wohlgethan, und auf die bejahende Antwort gab er dem Mädchen den Auftrag: »Nehmen Sie die Tasche des Herrn Doktor und tragen Sie sie ins Dorf zum Gastwirt Moser. Dort bestellen Sie, ich ließe um ein Fuhrwerk bitten zu dem Zuge, der um halb zwei geht, es braucht aber nicht hier herauszukommen, wir werden selbst noch vor der Zeit im Gasthof sein, denn wenn es dir recht ist, Wohlgethan, so essen wir unten. Unser Mittagessen steht zu unserm Frühstückstisch immer in einem bedenklichen Kontrast. Und, Johanna, Sie brauchen dann heute nicht mehr herzukommen, ich gebe Ihnen frei. Morgen früh wie gewöhnlich.« Er sah sich in beiden Zimmern schnell um und fügte noch hinzu: »Im Arbeitszimmer sind Sie ja fertig, nun räumen Sie nur hier noch das Geschirr weg, mehr habe ich für heute nicht nötig.«

So geschah es. Nach einer knappen Viertelstunde verließ das Mädchen, mit der ledernen Tasche Wohlgethans, das Haus, und eine Weile darauf machten die beiden Männer sich auf ihren Spaziergang. Sie gingen in den Forst, aus dem Wislizenus sein Grundstück herausgeschnitten hatte, tief hinein, kamen an einen See, der in dem Schleier der sonnenlosen Herbstfeuchtigkeit recht groß aussah, und beschlossen, um den See herum zu spazieren, einen Weg ins Dorf von guten anderthalb Stunden. Der See war überall umbuscht, wenn auch die Erlen und Weiden schon besendünn in die graue Luft ragten. Birken standen noch im Goldschuppenkleid des Herbstlaubes, und ferne Pappeln täuschten mit dem Honiggrün ihrer Blätter einen Frühlingsrest in die Landschaft, so wie sie ja im Frühjahr etwas vom Herbst vorwegnehmen. Das Schilf, das stellenweise weit in den See hineinbuchtete, war im ganzen noch grau, zeigte aber schon den rötlichen Anhauch des Winters. Nur die Akazien waren in ihrer Herbstentwicklung unterbrochen, ein früher Nachtfrost hatte wie ein Brand die gefederten Blätter gekrümmt und getötet, so daß sie wie eine zarte Wolke den Wipfel grau umhüllten. Es war völlig windstill, und kein Blatt bewegte sich. Der Anblick war ungewöhnlich friedevoll. Schläge von frischer Saat leuchteten still, die kalte Feuchtigkeit der Luft, die in der Nähe menschlicher Behausung und menschlicher Hantierung etwas Unwirtliches bekommt, war hier draußen in der tiefen Lautlosigkeit von großem Reiz; und die beiden Spaziergänger atmeten, ein jeder von seinen zwischenmenschlichen Gedanken befreit, tief und stark. Nur entdeckte Wislizenus in sich, daß er die anderthalb Stunden Weges, die vor ihm lagen, sonderbarerweise wie einen Gewinn betrachtete, wie einen Waffenstillstand oder etwas Ähnliches. Und immer, wenn der Stachel dieses Gedankens ihn traf, ließ er seinen Schritt entschiedener ausgreifen, als wollte er dem Schicksal seinen Willen und seine Kraft bezeugen.

Sie kamen um den See herum, durch einen kleinen Birkenwald auf die Felder, die das Hinterland zu der einen Seite der Dorfstraße bildeten, und bogen über ein bäuerliches Gehöft ins Dorf ein.

7

In der Wirtsstube wurden sie von dem Gastwirt, einem kleinen, fetten und bleichen Menschen, empfangen. »Schönen guten Morgen, meine Herren, bitte näher zu treten. Fuhrwerk steht zur Verfügung, meine Herren, Ihr Mädchen hat alles bestellt, Herr Doktor.« Er komplimentierte sie in das halb private Zimmer für die nobleren Gäste, das neben der großen Wirtsstube lag, und bot ihnen seine kleine Auswahl von Mittagsgerichten an, die aber, wie Wislizenus wußte, von der tüchtigen Hausfrau aufs beste zubereitet wurden. »Das Gescheiteste ist, Herr Moser, Sie schicken uns Ihre Frau«, sagte Wislizenus. »Wird gemacht, Herr Doktor«, antwortete der Wirt und rief hinaus.

Während die Frau, eine zarte, freundliche, saubere Erscheinung, kam und wegen des Essens so lange verhandelte, bis man sich wie gewöhnlich auf Koteletten mit Zubehör geeinigt hatte, hörte Wislizenus den Wirt in der Gaststube schimpfen. »Was sitzen Sie denn da immer in der Ecke? Faul ist die Bande, daß sie nicht die Hand rührt um ein Stück Brot. Wenn Sie nicht bald machen, daß Sie rauskommen, schmeiß ich Sie raus. Scheren Sie sich hin aufs Feld, helfen Sie Rüben putzen, dann können Sie sich ein Fünfgroschenstück verdienen. Nehmen Sie sich bloß in acht, daß meine Geduld nicht zu Ende geht -« und in diesem Stile weiter, wobei Wislizenus mit seinem geübten Ohr bemerkte, daß das alles nicht ganz so böse gemeint war, und daß eher ein gutes Zureden als eine Drohung in den Worten lag. Die Wirtin deckte ein weißes Tuch über den Tisch und sagte dabei: »Das ist eine Herumtreiberin, der ist der Kerl davon gelaufen, und nun sitzt sie den ganzen Vormittag da drin auf der Fensterbank und geht manchmal hinaus, kommt dann wieder, trinkt einen Schnaps nach dem andern und redet kein Wort.«

Die Frau ging ab und zu, legte die Gedecke auf, und als sie sich zur Küche wandte, fragte Wohlgethan: »Was für ein Kerl?« Die Wirtin verstand die Frage erst nach einem Blick mit offenem Mund, und gab Auskunft: »Ihr Kerl, mit dem sie getippelt ist.«

Wohlgethan wurde, ohne es zu merken, blaß und sagte zu Wislizenus mit einem Lächeln: »Das ist vielleicht unser Besuch von gestern gewesen.«

»Sehr wohl möglich«, antwortete Wislizenus, »sogar wahrscheinlich.«

Die Frau ging in die Küche hinaus. Wohlgethan stand auf und trat an die Glastür, die zur Gaststube führte. Nahe bei der Tür, durch die sie gekommen waren, sah er das Frauenzimmer hinter einem braun gestrichenen Tisch sitzen, ein Schnapsglas vor sich. Sie hatte einen blau und rot gewürfelten Umhang um die Schultern, einen verbeulten Kapotthut auf dem Kopf. Ihr Gesicht war rot und geschwollen, von Wetter, Trunk und Lastern, doch sichtlich auch von Tränen. Sie wischte sich noch jetzt zuweilen mit dem Zeigefinger die Augenwinkel aus. Ihr Alter war unbestimmbar, sie konnte ebensoweit in den Dreißigen wie in den Vierzigen sein. Dabei lag in dem versteckten, trotzigen Schmerz, mit dem sie dasaß, etwas, das über ihrer Verkommenheit einen Hauch von besserem Wesen bildete.

Wohlgethan hatte das alles mit einem Blick übersehen und kam in Verstimmung an den Tisch zurück. Auf eine Bemerkung von ihm begann Wislizenus, ihm allerlei von diesen Straßenläufern zu erzählen, die er oft im Wirtshaus beobachte, und sprach um so beflissener und ruhiger weiter, als er Wohlgethans zerstreute Verstimmung wachsen fühlte.

Zu ihrer beider Erleichterung kam das Essen, und als sie eben fertig gespeist hatten, knallte auch schon der Kutscher mit der Peitsche vor der Tür. Es gab einen hastigen Aufbruch, Wislizenus begleitete Wohlgethan zum Wagen, während der Wirt und die Wirtin, unter Bezeugung ihrer Höflichkeit, in der Haustür stehenblieben. Als nach dem teils forcierten, teils doch herzlichen Abschied Wohlgethan davongefahren war, trat Wislizenus in das Wirtshaus zurück und bat um Kaffee. Die Wirtin ging an ihre Arbeit, Wislizenus streifte die Landstreicherin mit einem prüfenden Blick, gewahrte dann, daß ihre Augen unter zusammengewachsenen Brauen schielten, was sie weniger entstellte, als ihr einen phantastischen, wilden Ausdruck verlieh.

Als sich Wislizenus wieder in dem hinteren Zimmer an den Tisch setzte, wo inzwischen die Spuren des Mittagessens abgeräumt waren, folgte ihm der Wirt und begann in vertraulicher und zynischer

Weise zu schwatzen. »Meinen Sie wohl, daß ich die wegkriege, Herr Doktor?«

Wislizenus tat, als ob er nur aus Höflichkeit fragte: »Was hat es denn für eine Bewandtnis mit dem Frauenzimmer?«

»Nun lassen Sie sich erzählen«, sagte der Wirt. »Sie kam gestern nachmittag so gegen vier, kann auch halb fünf gewesen sein, es dunkelte schon, mit einem Kerl hier an: ob sie über Nacht bleiben könnten. Haben Sie Schlafgeld und Papiere? frage ich; das war alles in Ordnung – ich muß von Polizei wegen die Frage stellen, woher so ein Plunder die Papiere hat, geht mich nichts an. Ich kann auch gerade Arbeiter brauchen, ich habe noch Rüben draußen, und meinen Knecht brauche ich zum Pflügen, und also, schön, sagte ich ihnen allen beiden, daß sie ein paar Tage Arbeit haben könnten.«

Wislizenus unterbrach den Wirt: »Ich könnte wohl auch meinen Garten anfangen umzugraben.«

»Schönes, fruchtbares Wetter, versteht sich«, sagte der Wirt. »ja, also die beiden setzten sich, genau da an den Tisch, wo das Frauenzimmer jetzt sitzt; was der Kerl war, war ein statiöser Mensch, einen Kopf größer als ich, sie redeten nicht viel miteinander, mit einemmal war meine Karline verschwunden. Der Kerl denkt offenbar, sie ist schon in den Stall zum Schlafen, und geht nach. Wie er die Stalltür aufmacht und die Laterne hebt, hat er seine Bescherung. Da liegt sie mit dem Hausknecht im Heu. Und nun, denken Sie, der Kerl, der das doch gewohnt sein muß, kriegt einen Rappel, schlägt die Stalltür zu, ohne ein Wort zu sagen, und geht davon. Das Weibstück kam nachher wieder in die Stube und wartete bis in die halbe Nacht, aber wer nicht kam, war der Kerl. Ja, nun kriege ich sie nicht weg. Sie will warten, bis ihr Andreas wiederkommt.«

Indem trat die Wirtin mit dem Kaffee ins Zimmer, der Wirt unterbrach sich, machte sich zu schaffen, und Wislizenus geriet darüber, und als er den bleichen, aufgeschwemmten Menschen mit der zarten, sauberen Frau verglich, auf den Verdacht, daß nicht der Hausknecht, sondern der Wirt selbst in seiner offenbar verwilderten und wahllosen Sinnlichkeit den Weg ins Heu gefunden hatte.

Die Wirtin trat in die zur Gaststube führende Tür, kreuzte die Arme über dem Leib und betrachtete eine Weile die Landstreicherin. Eine Regung von weiblichem Mitleid mochte über sie gekommen sein, und sie sagte: »Der Herr hier weiß etwas von Ihrem Mann, er hat ihn gestern abend noch gesehen.«

Auf das hin polterte die Frau aus ihrer Ecke hervor und streckte ihren grotesken, mit dem Hut bedeckten Kopf zu Wislizenus ins Zimmer. Der sah flüchtig auf und warf hin: »Er sprach um eine Gabe an, machte Krach und ging dann weiter, nicht zum Dorf zurück, sondern in den Wald.« Die Wirtin erläuterte: »Herr Doktor wohnt draußen, nicht weit vom See.«

»Er ist ins Wasser gegangen«, schrie die Landstreicherin, »ich habe es gewußt. Wie ich sein Gesicht gesehen habe, habe ich gewußt, der tut sich was an.« Sie trat aufgeregt, mit der rechten Faust auf die linke schlagend, ganz ins Zimmer. Aber der Wirt faßte sie beim Arm und geleitete sie wieder auf ihren Platz. Wislizenus hörte ihn sie energisch, aber leise zurechtweisen, wie man einen Hund kuscht. Er zahlte und verließ das Wirtshaus zur Hintertür und hielt den direkten Weg nach seinem Hause.

8

Auf dem Wege fiel ihn eine Pein an, deren er nicht Herr wurde. Seine Tat, die er als ein vollkommenes Nichts vor sich und dem Weltlauf durchsetzen wollte, wuchs ihm vor Augen mit der Schnelligkeit, wie etwa ein mörderischer Wucherpilz in einer kinematographischen Darstellung. Schon nahm das bloß Kriminalistische unbequeme Dimensionen an, noch war ja der Tote nicht gründlich vor nachforschenden Augen verborgen und eigentlich kaum etwas geschehen, die Spuren des Ereignisses zu verwischen. Gestern abend, als er sich die Arbeit auf zwei Nächte verteilte, hatte er geglaubt, ein Tag sei eine geringe Spanne Zeit; jetzt aber schien ihm der halbe Tag, sowohl der hinter ihm lag, als der noch vor ihm lag, in aufdringlicher Weise die Länge seiner Stunden vorzudehnen. Prüfte er die ganze Lage, so mußte er sich gestehen, daß es nur einer winzigen Änderung seiner Willenskraft bedurfte, und sie war in einem Augenblick noch vollkommen ungefährlich, im nächsten fast schon verzweifelt. Über diese kleine Änderung war er nicht mehr Herr. Gestern hatte er die Tötung eines Menschen mit einem Blick wie aus zehntausend Meter auf die Erde angesehen, heute fühlte er sich versponnen und gegen allen seinen Stolz in das Getriebe niedergezwängt.

Dennoch erreichte er es immer wieder, seine Kaltblütigkeit zurückzugewinnen und sich klarzumachen, wie unwahrscheinlich es wäre, daß im bürgerlichen Sinne ihm irgend etwas Verhängnisvolles passieren könnte. Schließlich war Wohlgethan der einzige, der zu fürchten gewesen wäre, und, dessen war er sicher, der würde den Mund nicht eher auftun, als bis ihn einmal das dichterische Gewissen jückte. Der würde nicht eher ihm, dem Freund Wislizenus, den Strich unter die Rechnung setzen, als bis er es mit der nötigen biographischen Emphase tun könnte, oder wenn es ihm sonst bequem wäre, ihm sonst zu einer Attitüde verhülfe. Hat jemals ein Dichter eine ehrliche Empfindung gehabt, und wenn er sie hatte, ist er ihr reinen und einfachen Sinnes gefolgt?

Wislizenus fühlte böser und milder als in der vergangenen Nacht den unbändigsten Haß, nicht nur gegen Wohlgethan, sondern gegen die Dichter und ihre Werke überhaupt in sich aufzucken; einen so übermächtigen, daß er die körperliche Erregung der Wollust an sich erlitt; zugleich den Haß der Ohnmacht, aller Welt die Wahrheit über die Nichtigkeit, Eitelkeit und Lügenhaftigkeit der Dichter *beweisen zu können*. In einem gemalten seelenvollen Auge steckt mehr Seele, als in allen aufdringlichen Dichtungen zusammengenommen – und welch ein Betrug ist noch dieses gemalte Auge! Wislizenus ging Schritt auf Schritt in diesem Gedankengang weiter, der ihm wieder alle Erscheinungen vernichtete, indem er alle wirklich nahm. Und damit gewann er auch wieder ein Mittel, seine Tat in eine Bagatelle zu verwandeln, nur daß es nicht mehr mit Stolz, sondern mit Bitterkeit und Verzweiflung geschah.

Aber hierbei fiel ihm unversehens ein, daß die Landstreicherin in den Augen ihres Gefährten den Selbstmord gesehen hatte; und so abergläubisch wie die Verbindung auch anmutete, seine Tat, sinnlos für ihn selbst, bekam für das Schicksal des Vagabunden eine mehr als zufällige, eine geheimnisvoll vorbestimmte Bedeutung. Wo er am freiesten gewesen zu sein glaubte, bei einer ungeheuerlichen Handlung fast ohne Motiv, da also wäre er das unfreieste Ding gewesen, ein Werkzeug in der Hand eines Dämons, ein Ziegel, den der Sturm vom Dach auf einen Menschenkopf schmettert. Und wie sehr er sich auch dagegen sträubte, die nicht bezweifelte Notwendigkeit des Weltganzen schon in einem einzigen Teile abgeschlossen offenbar zu sehen, und so sehr er dieses als Aberglaube und Schwachsinn verwarf, er hatte fortan keine Geistesmacht mehr dagegen.

Zu Hause angekommen, wurde er von dem schweigsam beredten Einverständnis seiner Wohnung wieder zur Ordnung gebracht. Er kleidete sich um, legte eine derbe, blauleinene Arbeitshose und eine gleichfalls leinene, weiße Jacke an und machte sich daran, seinen Garten umzugraben. Der Stall lag mit dem Giebel, in welchem die Tür war, nach dem Hof zu, mit der Front zum Garten hin. Hier war in einer Ecke ein Komposthaufen angelegt, und in dessen Nähe begann Wislizenus ein Grab auszuheben. Abwechselnd schaufelte er an der Grube und warf in dem von draußen sichtbaren Teil des Gartens seine regelrechten Spatenstiche um; so hatte er sich in der vergangenen Nacht seine Arbeit eingeteilt. Da er die verrotteten Blätter des Komposthaufens als Dung in den Garten eingrub, war das Hin- und Wiedergehen, falls ihn jemand beobachtet hätte, begründet. Aber es kam, wie gewöhnlich, den ganzen Nachmittag über niemand dort hinaus, die Arbeit selbst machte ihn tüchtiger und enthob ihn jeder Angst, und als es zu dunkeln anfing, ließ er den Garten im Stich und vollendete, wiewohl zitternd von der großen Anstrengung und unter strömendem Schweiß, das Grab in kurzer Zeit; die Wurzeln eines Apfelbaums, die die Stätte des Grabes durchzogen, machten ihm, da der Spaten nicht scharf genug war, besonders zu schaffen.

Was ihm aber jetzt noch bevorstand, das erfüllte ihn zugleich mit Schauder und mit einer tiefen Verlockung. Er ließ die volle Nacht herankommen, ehe er sich in den Holzstall begab. Seine entzündete elektrische Taschenlampe legte er auf den Hauklotz, räumte die Kisten beiseite und hatte nun, wovor ihm gebangt und wonach er verlangt hatte, den Toten vor Augen. Er bezwang sich und sah hin. Was er sah, schien ihm infolge des schwachen und magisch bläulichen Lichtes weniger schreckhaft, als es in Wirklichkeit war. Das Gesicht des Toten hatte nicht die erdige Vergeistigung, die sonst über einem toten Gesicht liegt, sondern es schimmerte in einer unwirklichen Transparenz aus dem schwarzwuchernden Bart hervor. Nur die Augen, die Augen standen offen. Und Wislizenus deckte sein weißes Tuch über das Gesicht. Dann machte er sich daran, wie gestern rückwärtsschreitend, den Toten hinauszutragen, und die Schwäche, die ihn dabei überfiel, war fürchterlich. Er konnte sie nur überwinden, indem er den Körper des Mannes immer fester gegen sich drückte, der Gedanke übermannte ihn: nur die Liebe kann eine solche Last tragen.

Es gelang ihm, den Toten in sein Grab zu betten. Es war neblig wie gestern, und über dem Nebel funkelten die Sterne fast schon winterlich. So schwach das Licht davon auch war, genügte es ihm doch, das Grab zuzuschaufeln, die Spuren durch Würfe von dem Komposthaufen zu bedecken. Dann versorgte er sein Haus und sein Gerät, kam in sein Zimmer und setzte sich an seinen Tisch. Er fing zu zittern an, warf den Kopf im Stuhl zurück und gab sich, von den ersten spärlichen Tränen fast verbrannt, der erlösenden Verzweiflung hin.

Aber die Nacht brachte er nicht eigentlich in Verzweiflung zu Ende, sondern sein Gefühl glich am ehesten der Trauer, einer breiten, nicht ganz von Selbstgenuß freien, musikalischen Trauer. Er versuchte sich über das ganze Bett hinzudehnen, und ob er auf dem Rücken oder auf der Brust lag, immer hielt er die Arme weit ausgebreitet. Dabei wich das Bewußtsein nicht von ihm, daß die gegenüberliegende Kammer, daß das ganze Haus leer war, er selbst Alleinherrscher in seinem mächtigen Bereich. Nur die kurzen Schlummerunterbrechungen seiner hingebungsvollen, bitteren Bereitschaft endeten immer mit derselben quälenden, unbeschreiblich erschlaffenden Nüchternheit. Und wie er in der vergangenen Nacht das Bild des Mannes mit den Buchenscheiten nicht hatte abwehren können, so in dieser nicht die Vision eines Grabes in seinem Garten, eines regelrecht aufgeworfenen Grabhügels, dessen Decke und Böschungen mit noch erkennbaren flachen Spatenschlägen geglättet waren und das mit Kränzen und besonders mit einer Anzahl trivialer Palmenwedel gehörig prangte und trauerte.

Früh war er auf den Beinen, und als das Mädchen mit Brot und Milch vom Dorfe kam, hatte er sich längst im Garten warm und frisch gearbeitet. Er hatte es sich abgerungen, über die Stelle des Grabes hin und her zu gehen; und als sie ihn zum Frühstück rief, stieß er den Spaten in den Boden, holte sich vor ihren Augen eine Harke und reinigte die ganze Ecke des Gartens von den herumliegenden Klumpen der verwesenden Blätter und anderer Bestandteile des Komposthaufens. Er erklärte ihr, daß er die Beete für Gemüse und Blumen zugunsten eines Standes von Nadelbäumen, die er im nächsten Frühjahr setzen wolle, unwirtschaftlich genug, beschränken werde, und folgte ihr dann ins Haus. Als er auf seinem Tische die derben, spröden Äpfel in ihrem braunen Korbe vorfand, ging ihm für einen Augenblick die Sicherheit aus, er fühlte es in seiner Kehle würgen, und es war ihm, als ob er in seinem ganzen Leben keinen Apfel mehr essen würde.

Das indessen war vorläufig seine letzte Prüfung. Denn nun dehnte sich der Tag, dehnten sich die Tage ins Leere vor ihm aus. Die Ungeduld, die ihn erfaßte, war die der Langeweile. Er las und schrieb ohne Ausdauer, unterbrach jede Tätigkeit durch eine andere und war ohnmächtig, sich das geringste Ereignis auszumalen, das seinen Zustand hätte durchbrechen können.

9

So ging die Woche zu Ende und dann der Sonntag, von dessen Ruhe und Waffenstillstand unmerkliche Spuren selbst bis zu ihm drangen. Am Montagmorgen fiel ihm, er wußte nicht was, im Betragen seiner jungen Magd auf; mittags kam überraschenderweise ihr Vater zu ihm heraus. Es war ein kleiner und behender, sonst nicht auf den Mund gefallener, dreister Mann, der aber dieses Mal vor Wislizenus erst die Mütze drehte und verlegene Redensarten machte, ehe er seine Sache vortrug. Und kurz und gut, er kündigte dem Herrn Doktor den Dienst seiner Tochter auf, ja sogar: obwohl Herr Doktor zweifelsohne nie anders als sorglich und freundlich gegen das junge Ding gewesen wären, müsse er als verantwortlicher Vater doch bitten, das Kind schon heute aus der Stellung zu lassen und am besten gleich mitzugeben.

Wislizenus, der über das unerwartete Verlangen sehr betreten war, fühlte sich auch nicht beruhigt, als er die Gründe des Mannes erfuhr. Jene Landstreicherin, die er im Wirtshaus gesehen hatte, war, trotz alles Lamentierens, von dem Wirt davongejagt worden. Allgemein war man der Ansicht, daß ihr Gefährte sich keineswegs ein Leid angetan, sondern wahrscheinlich, wie sie beide gewollt hatten, sich nach Berlin aufgemacht hätte. Sie schien es zu glauben, ließ sich vom Wirt die Papiere aushändigen und zog davon. Bald aber stellte sich heraus, daß sie die Gegend nicht verlassen hatte. Sie war hier und da gesehen worden, niemand wußte, wovon sie sich nährte, vielleicht ging sie über Tags in benachbarte Dörfer betteln; so viel war sicher, daß sie sich immer wieder in der Umgebung einfand, daß sie in Torfhütten oder Heumieten oder wohl auch im Freien irgendwo übernächtigte. Und nun hatte es sich herausgestellt, daß Lüdriane von Knechten, zugezogenes Volk, das bei der Leutenot aufgenommen würde – nicht einen Schuß Pulver wert – hinter dem Frauenzimmer her wären. An den Abenden gingen sie truppweise auf ihren widerwärtigen Raub aus, die Wirtshaustüren klappten in einem fort, das Gejohle dauerte bis in die Nacht, und wenn sie zurückkämen, ließen sie keine anständige Frau, die ihnen begegne, ohne Unflätigkeit und handgreifliche Beleidigungen vorbei. Unter diesen Umständen sei es unmöglich, daß ein junges Mädchen, nun gar abends, sich getrauen dürfe, den weiten Weg hier von Herrn Doktor bis ins Dorf zu machen.

Das Mädchen hätte ja im Hause schlafen können, wie jede Magd; aber Wislizenus erinnerte sich, daß schon beim Mieten die Eltern das nicht hatten zugestehen wollen. Jetzt noch einmal den Vorschlag zu machen, wehrte ihm eine zornige Mutlosigkeit.

»Herr Doktor werden ja ohne Schwierigkeit etwas Passendes finden«, meinte der Mann. »Das braucht Ihre Sorge nicht zu sein«, erwiderte Wislizenus schroff. Er machte der Unterredung ein Ende, indem er das Zimmer verließ. Als er auf dem Hofe erregt hin und her ging, sah er Vater und Tochter zur Tür heraustreten, achtete aber ihrer Verlegenheit nicht, sondern ließ sie ohne Abschied ziehen.

Er war zornig, als ob er einer Undankbarkeit begegnet wäre. Sich sogleich einen Ersatz aus dem Dorfe zu holen, schien ihm dafür die rechte Strafe und Genugtuung; aber wiewohl er sich beim Auf- und Abgehen, heftig gestikulierend, diesen Beschluß einredete, wußte er, daß er ihn nicht ausführen würde. Er wußte, daß er irgendwo in seiner Seele einen unerwarteten, lähmenden Schlag empfangen hatte. Waren die Miene und Haltung des Mannes nicht drohend gewesen? War nicht eine versteckte, verstockte Feindseligkeit in der Entschiedenheit gewesen, mit der er seine Bitte vortrug? Wäre nicht die Heiterkeit in Wislizenus für immer zerstört gewesen, so hätte er keinen Sinn in der Drohung und Feindseligkeit gesucht – kleine Leute, die kündigen, nehmen leicht eine solche Miene an, wie der Vater des Dienstmädchens ihm gezeigt hatte. Aber Wislizenus mußte deuten und Zeichen sehen.

Er ging hinaus und prüfte die Zimmer und Kammern, öffnete Schränke, zog Schübe heraus, es war alles in Ordnung. In der Küche fand er in einer Schüssel Kartoffeln geschält, geschnitten und gewaschen, auf einem Teller Fleischstücke in Bröseln, eine Konservenbüchse mit Reineclauden geöffnet. Indem er das Geschäft, ein neues Mädchen zu dingen, aufzuschieben glaubte, beschloß er für heute, sich das Mittagessen selbst zu bereiten. Er zündete Feuer im Herd an, setzte die Kartoffeln im richtigen Topf zum Sieden hin, fand auch das Tischzeug und legte es auf. Dann briet er das Fleisch, es geriet auf der einen Seite zwar etwas schwarz, aber schließlich stellte er sich sein ganzes Mittagsmahl in leidlicher Sauberkeit auf den Tisch. Als er aber essen wollte, waren die Kartoffeln kalt geworden, das Fleisch war zäh, und der Appetit darauf ihm auch sonst durch den Geruch beim Braten verschlagen. Er hielt sich an die süßen Früchte, deren Zucker ihn erfrischte, die ihn aber doch nicht genug sättigten, um ihm seine beginnende Mutlosigkeit vor diesem Geschäft zu nehmen. Dann mußte er abräumen, das Geschirr reinigen, Wasser tragen, und als er sich endlich die Hände gewaschen hatte, war es längst vier Uhr vorbei. Die Zeit hatte ihm schon lange keine Früchte getragen, dennoch schien es ihm, als ob er sie erst jetzt verlöre. Es kam ihm das erstemal im Leben zum Bewußtsein, wieviel Arbeit, Treue und Entsagung dazu gehören, auch den kleinsten Haushalt zu führen, und er traute sich nicht zu, so viel für *einen* Menschen zu schaffen, wie seine schmale vierzehnjährige Magd für zwei geschaffen und dabei immer noch einen lebendigen Tag gehabt hatte. Als er Licht machte und die Haustür schloß, erinnerte er sich der Befriedigung, mit der er jeden Abend das Mädchen zu entlassen pflegte. Hatte die Hoftür nur erst geklappt, so war das Mädchen in die Nacht, in das Nichts zerstoben. Heute aber klappte die Tür nicht, und gerade heute fühlte er sich nicht allein. Er ersehnte ihren Schritt, das Kratzen eines Besens, das Klirren eines Tellers. Er sah ihre Gestalt vor sich, und indem er sich ruhelos durch die Zimmer trieb, wurde sie ihm, was sich bisher niemals angedeutet hatte, auch als Weib gegenwärtig. Und da geschah es nun, daß er, wie in einem Blitz, die Gefahr erkannte: wenn sie noch hier im Hause diente, so würde er sie, vielleicht heute, vielleicht morgen, irgendwann, aber sicherlich bald, überwältigen, zerstören, töten – und das war es, was ihr Vater gefürchtet und was ihn so drohend gemacht hatte!

So völlig grundlos der Verdacht auch war, so trug er doch das Seine dazu bei, daß Wislizenus nicht die Sicherheit fand, sich für Essen und Trinken und wessen er sonst bedurfte, aus dem Dorfe zu versorgen; gerade daß er es sich gefallen ließ, jeden Morgen einer Semmelfrau, die für ein paar Pfennige den Weg bis zu ihm hinaus nicht scheute, Weißbrot und Milch abzunehmen. Er erinnerte sich, im Laufe des Sommers einmal das Preisverzeichnis eines Berliner Versandgeschäftes bekommen zu haben, und suchte einen halben Tag lang nach dem Papier, fand es auch schließlich. Nun bestellte er sich durch die Post Vorräte und Konserven in einem Umfang, als ob es eine Expedition auszurüsten gälte. Die Sachen kamen, er fühlte sich freier, fühlte sich noch mehr auf einer Insel einsam und geborgen als vorher.

Und von nun an fegte er Haus und Hof, wusch und putzte er Geschirr, und kochte. Unter den Konserven waren Büchsen, die durch einen einfachen Handgriff in kleine Herde zu verwandeln waren, denen ihr Brennmaterial in Gestalt von festem Spiritus, als kleine, widerwärtig weiße Paste, beigegeben war; eine Vorrichtung, die Wislizenus besonders praktisch gedünkt hatte. Aber die auf diese Weise zubereiteten Speisen schmeckten fad und entnervt, und Wislizenus mußte sich wieder in das Hantieren mit Pfanne und Kessel schicken; anfangs tischte er sich die Speisen immer noch sorgfältig, und solange er Wäsche hatte, reinlich auf; aber es dauerte nicht lange, und er gewöhnte sich an den Schmutz. Er aß zuweilen aus der Pfanne, am Herde stehend; es kostete ihn jedesmal einen Entschluß, das Geschirr zu reinigen; war er aber erst dabei, so konnte er sich mit Arbeiten ähnlicher Art nicht genug tun. Stundenlang wühlte er dann in den Dachkammern alte Kisten mit modrigern Papier, Zeitschriften und broschierten Büchern um, bis er den Staub der Heiserkeit in seiner Kehle schmeckte und sich ihrer durch tiefes, knarrendes, sinnloses Sprechen vergewisserte. Oder er fegte den Hof gründlich wie eine Tenne, oder putzte die messingnen Türgriffe des ganzen Hauses.

So hielt er sich sein Anwesen in gutem Stande, er selbst aber verkam. Er rasierte sich nicht mehr die Oberlippe, schnitt sich nicht den Bart und ließ sein ganzes Gesicht von einer Wildnis zuwachsen, die er selbst noch um vieles unheimlicher und melancholischer glaubte, als sie war. Der Herbst blieb klamm und kalt, die Betten wurden feucht, und Wislizenus lernte, plump und geschlagen und jämmerlich zusammenzukriechen, wenn er schlafen wollte, und fröstelnd und müde, vor dem kalten Wasser scheu, in den Morgen zu schleichen.

Ein Brief, den er von Wohlgethan bekam, frischte ihn noch einmal auf. »Zugestanden«, schrieb der Dichter, »lieber Wislizenus, daß ein toter Landstreicher in der Wirklichkeit mehr wiegt als hundert tote Helden im Heldengedicht. Du hast mir eine Lehre gegeben, und es kann sein, daß ich dir dafür dankbar bin, ich weiß es nicht genau, – es kann ja auch sein, daß deine mit so vielem Aplomb an mich gebrachte Lehre nur eine glatte, bürgerliche Trivialität ist. Eine gemalte Rose riecht immer nur nach Öl und Terpentin, und von einem ganzen Snyders mit Wildschweinskopf, Rebhuhn, Fasan und Hummer, nebst Rettigen, Spargeln und blauen Riesentrauben wird kein Philister für einen Groschen satt. Zugestanden, daß eine Platzpatrone oder eine andere Patrone empfindlich laut und aufdringlich knallt. Zugestanden alle Weisheit, Sattheit und Überlegenheit. Soll ich deswegen Ingenieur werden? Etwa Elektrotechniker oder sonst etwas mit mathematischer Rechtfertigung? Ich kann zurzeit freilich, das gestehe ich dir offen, nicht arbeiten, die Verse fließen mir nicht, und wenn ich sie kriechen sehen soll – lieber sehe ich Raupen auf Kohlblättern kriechen. Dir wird das nicht besonders wichtig erscheinen, du bringst einen Landstreicher zu Fall und braust einen Abendtee. Ich aber -« und in ähnlichem Stile ging es sechs ganze groß, flüchtig und ohne Korrektur geschriebene Seiten lang. Es war ein recht pikierter Brief; gut so; der hatte seinen Hieb weg; *der* hatte ein Stückchen Menschenübermacht am eigenen Leibe erfahren.

Aber am nächsten Morgen empfing Wislizenus einen andern Brief von dem Dichter – aus einer andern Tonart.

»Ich habe dir gestern aus einer üblen Laune geschrieben, du wirst mir das Zeugnis ausstellen, daß das meine Gewohnheit nicht ist, und ich finde es heute selbst unbegreiflich, ich glaube, ich habe dir nicht einmal für den seltsamen, mich wahrhaft revolutionierenden Abend bei dir gedankt. Muß ich es Laune nennen? Es scheint mir treffender, von einer Krisis zu sprechen. Die Bilder stockten, stauten sich an einem Hindernis, schwollen gegeneinander in meiner Seele an, und ich fürchtete, daß sie sich ins Nichts ergießen würden. Da schrieb ich dir meinen Brief in Unmut, aber der Unmut war nur die Maske eines bitteren, sehr bitteren Verzagens. Immer wieder gibt es diese Augenblicke des Unterliegens, und gegen ihren Druck und ihre Schmach hilft doch die hundertfach gemachte Erfahrung nicht, daß sie vorübergehen wie ein Wölkchen, ja, daß in ihnen der neue Durchbruch der Kraft sich anzeigt. Eben dieses letzteren darf ich mich rühmen, gegen dich darf ich es. Mein Werk strömt, und strömt in das richtige Bette. Jetzt erst höre ich auch hinter jedem deiner Lobsprüche den Tadel, ich gebe dir recht und werde dich ins Unrecht setzen. Das Schiefe meiner Konzeption besteht darin, daß ich mit einem erdichteten Geschick eine erdichtete Welt heimsuche, ich werde eine wirkliche Welt heimsuchen. Mein kleines von der Pest geschlagenes Fürstentum wird nicht die Insel bleiben, die es jetzt ist, ich werde mich nicht darin tummeln, wie ein Knabe in einem Park. Dieses Fürstentum und sein Fürst und der Adjutant des Fürsten werden das Jahr 66 gegen Preußen mitmachen. Ich werde Modelle haben. Ich werde Bismarck in mein Gedicht miteinbeziehen. Ich sehe mit einem Schlage so tief in die Dinge, daß ich das Recht habe, zu richten. Ich werde wirklich an Dante rühren, und jetzt, wo ich das weiß, beunruhigt mich die Rivalität mit dem großen Schatten nicht im geringsten.«

Wislizenus las den Brief, der sich immer weiter in eine bald vage, bald mit tatsächlicher Kraft aufblitzende Hoffnung schwang, las und verstand ihn schließlich nicht mehr, so ungeheuer war die Gleichgültigkeit, die, schwer wie ein körperliches Übel, in ihm zu lasten begann. Nicht einmal der Enttäuschung war er noch fähig, daß auch Wohlgethan seiner Macht fortan entzogen war. Aber an diesem Tage kochte er sich kein Essen, sondern suchte mit stumpfem Eigensinn so lange in Küche und Kammer herum, bis er in einer Schublade einen Kanten glashartes Brot entdeckte, das er splitterweise mit den Zähnen abbrach und verzehrte.

Die Welt war inzwischen in den Winter gekommen, in einen trüben, kalt regnerischen Winter, dessen Tag sich nur wie ein müdes, blindes Greisenauge öffnete. Der Sonderling auf dem abgelegenen Hofe führte sein gemiedenes, aber übrigens nicht beargwöhntes Leben immer tiefer in den Schmutz hinein. Abwechselnd versagte er sich die Nahrung, und verfiel einer gierigen Wut, zu essen. Abwechselnd ließ er die Unsauberkeit im ganzen Hause wie einen pelzigen Schimmel wachsen, und fegte und scheuerte unermüdlich wie eine taubstumme Magd.

10

Eines späten Nachmittags, als er, menschlicher gefaßt als sonst in den letzten Wochen, vom Stall in den Hof und wieder zurück, immer sechzehn Schritte tat, klinkte es an der Hoftür. Herein kam ein Weib in einem blau und rot gewürfelten, mit Schmutz bedeckten Umhang und mit einem formlosen Kapotthut auf dem Kopf, die Landstreicherin aus dem Wirtshaus. Ihre Augen schielten unter den zusammengewachsenen Brauen zu Wislizenus hin, er unterbrach seinen Gang nicht, und sie wagte sich weiter auf den Hof. Er ging ins Haus hinein und verließ es nicht vor dem nächsten Morgen. Da war sie weg, aber Wislizenus fand in dem Stall, den er längst nicht mehr verschloß, Anzeichen, daß sie darin übernächtigt hatte. Am Abend kam sie wieder.

Es dauerte nicht lange, und sie hielt sich über den Morgen hinaus auf dem Hof; nicht lange, und sie stand neben ihm in der Küche, als er eben aus der Pfanne mit dein Löffel zu essen begann. Sogleich holte er sich einen Teller, füllte von dem Inhalt der Pfanne die Hälfte darauf und ging mit dem Essen in sein Zimmer.

Sie blieb, sie wuchs ungeheuerlich in das Haus hinein, er kochte für sie. Und in einer Nacht fühlte er, daß sie im Hause schlief. Es war ihm unmöglich, sich vorzustellen, in welche Ecke sie sich hingelagert hätte; aber er fühlte, daß sie im Hause schliefe. Ihr Gesicht sah ihn mit einer entsetzlichen Verführung aus dem Dunkel an.

Am Morgen nach dieser Nacht wusch er sich zum erstenmal wieder mit Energie und nahm sowohl den ersten Schauder als auch die Erfrischung des kalten Wassers begierig an. Er ging hinunter, und der Eindringling war verschwunden. Wislizenus tat seine häuslichen Verrichtungen umständlicher und sorgfältiger als sonst, aß früher als sonst, und dieses Mal ungestört, zu Mittag und setzte sich darnach an seinen Arbeitstisch; las mit Anstrengung und Stolz, bis es dunkel wurde. Dann zündete er die Lampe an und las weiter.

Aber in der Nacht wußte er wiederum, daß der Gast im Hause war – sie lag auf dem Diwan im Arbeitszimmer, nirgend anders, roh, mit gelockerten Kleidern, sicherlich wach, ja mit offenen, horchenden, triumphierenden Augen. Sie wartete – indem er es wußte, ohne es zu wissen, war er in den Wirbel des Blutes gezogen, aus dem keine andere Macht als die des Zufalls rettet, und nicht mehr gegen den Aberwitz seiner Vorstellung, nur gegen ihren Sieg suchte er sich zu wehren. Er knirschte Schimpfwörter zwischen den Zähnen hervor, aber er hörte sie nirgends in seiner Seele, sie kamen nur aus der Gewohnheit der Sprache. Er rief die Frauen, eine nach der andern, die er geliebt und besessen hatte, in seine Phantasie, da ekelte ihn vor ihrer Gewaschenheit, vor ihrer Schönheit, vor den treuherzigen, täuschenden Augen. Es schien ihm: je blanker der Leib, je engelhafter das Angesicht, um so schauerlicher der Liebesvorgang, um so mehr Unzucht. Wahrheit ist nur im Tier, und zum Tiere macht den Menschen nur der Schmutz. Er hob sich auf, tappte hinunter und fand, wo er suchte, eine Schlafende.

Um die fünfte Stunde des nächsten Tages, wieder lesend und dieses Mal durch den abgestumpften Sinn vor Zerstreuung bewahrt, hörte er den Eindringling die Haustür öffnen. Er begann zu zittern, die Buchstaben der aufgeschlagenen Seiten gefroren zu einem formlosen Gallert.

Die Landstreicherin kam schwer, leise und klotzend herein, und das Unerhörte geschah, sie setzte sich zu ihm, gegenüber, an den Tisch. Sie lächelte zweideutig; und er starrte verzweifelt in ihre schielenden Augen. Immer mehr zu ihm hingezwungen, wie es schien beugte sie sich über den Tisch vor, griff in ihre Brust und holte ein kleines Päckchen Papiere heraus. Es waren ihre und des abhanden gekommenen Landstreichers Polizeipapiere.

Wislizenus stand langsam und zitternd auf, er wollte sprechen, und zutiefst in seiner Seele sammelte sich noch einmal das Wort der Gesundheit und Kraft, nüchtern und übermächtig genug, das freche Weibsbild zu vertreiben. Aber je näher er das Wort zur Kehle bekam, um so sinnloser wurde es, er öffnete den Mund und stöhnte.

Die Frau spießte den Zeigefinger auf die Polizeipapiere und schob sie triumphierend auf dem Tisch ihm zu.

Das Wort erlosch vollends in seiner Seele, er ließ die Schultern sinken, und mit dem schweren Schritt, den man wohl annimmt, wenn man im plumpen Scherz einen überraschen will, ging er hinaus; das Weib neben ihm, an ihrer Brust, wohin sie die Polizeipapiere gesteckt hatte, wild und hastig knöpfend.

Auf dem Hof kehrte er noch einmal um, nach dem Hausflur zurück, dort stand in der Ecke, wohin er ihn gestellt, der Wacholderstock des toten Landstreichers. Niemandem, auch der Dirne nicht, war er aufgefallen. Wislizenus faßte ihn und wanderte hinaus. Als er, ohne Überrock, wie er war, fröstelnd sichtlich zusammenschauderte, drängte sich die Dirne an ihn und nahm auch seine Schultern unter ihren Umhang, und sie zogen in den Wald hinein. Aus dem Hause leuchtete die Lampe golden in die Nacht nach ihnen aus und erlosch in immer trüberem Schwelen kurz vor dem Anbruch des Tages.

Über tredition

Eigenes Buch veröffentlichen

tredition wurde 2006 in Hamburg gegründet und hat seither mehrere tausend Buchtitel veröffentlicht. Autoren veröffentlichen in wenigen leichten Schritten gedruckte Bücher, e-Books und audio-Books. tredition hat das Ziel, die beste und fairste Veröffentlichungsmöglichkeit für Autoren zu bieten.

tredition wurde mit der Erkenntnis gegründet, dass nur etwa jedes 200. bei Verlagen eingereichte Manuskript veröffentlicht wird. Dabei hat jedes Buch seinen Markt, also seine Leser. tredition sorgt dafür, dass für jedes Buch die Leserschaft auch erreicht wird.

Im einzigartigen Literatur-Netzwerk von tredition bieten zahlreiche Literatur-Partner (das sind Lektoren, Übersetzer, Hörbuchsprecher und Illustratoren) ihre Dienstleistung an, um Manuskripte zu verbessern oder die Vielfalt zu erhöhen. Autoren vereinbaren direkt mit den Literatur-Partnern die Konditionen ihrer Zusammenarbeit und partizipieren gemeinsam am Erfolg des Buches.

Das gesamte Verlagsprogramm von tredition ist bei allen stationären Buchhandlungen und Online-Buchhändlern wie z. B. Amazon erhältlich. e-Books stehen bei den führenden Online-Portalen (z. B. iBookstore von Apple oder Kindle von Amazon) zum Verkauf.

Einfach leicht ein Buch veröffentlichen: **www.tredition.de**

Eigene Buchreihe oder eigenen Verlag gründen

Seit 2009 bietet tredition sein Verlagskonzept auch als sogenanntes "White-Label" an. Das bedeutet, dass andere Unternehmen, Institutionen und Personen risikofrei und unkompliziert selbst zum Herausgeber von Büchern und Buchreihen unter eigener Marke werden können. tredition übernimmt dabei das komplette Herstellungs- und Distributionsrisiko.

Zahlreiche Zeitschriften-, Zeitungs- und Buchverlage, Universitäten, Forschungseinrichtungen u.v.m. nutzen diese Dienstleistung von tredition, um unter eigener Marke ohne Risiko Bücher zu verlegen.

Alle Informationen im Internet: **www.tredition.de/fuer-verlage**

tredition wurde mit mehreren Innovationspreisen ausgezeichnet, u. a. mit dem Webfuture Award und dem Innovationspreis der Buch Digitale.

tredition ist Mitglied im Börsenverein des Deutschen Buchhandels.

Dieses Werk elektronisch lesen

Dieses Werk ist Teil der Gutenberg-DE Edition DVD. Diese enthält das komplette Archiv des Projekt Gutenberg-DE. Die DVD ist im Internet erhältlich auf **http://gutenbergshop.abc.de**

Zeitfracht Medien GmbH
Ferdinand-Jühlke-Straße 7
99095 Erfurt, Deutschland
produktsicherheit@kolibri360.de